석학이 대학생에게 들려주는
지식의 풍경

석학이 대학생에게 들려주는

지식의 풍경

공주교육대학교 교양학문입문도서발간기획사업단 기획

김창현 정용재 최병택 엮음

우리가 꼭 알아야 할 기초 학문에 대한 석학과의 인터뷰

Humanist

흔히 대학을 '지성의 전당'이라고 한다. 인간과 자연에 대한 보편적 진리를 자유롭게 탐구하고 개인과 세계에 대한 이해를 넓힐 수 있는 기회를 제공하기 때문일 것이다.

역사를 돌이켜 보면 고대 그리스의 플라톤은 일종의 대학이라고 할 수 있는 아카데미아를 설립하여 우주와 인간에 대한 철학적 고민을 제자들과 나누었고, 중국의 공자도 사학을 열어 혼란스러운 세상을 바로잡기 위한 방도를 밝히고자 하였다. 대학을 통한 진리 탐구의 열정은 중세 유럽에서도 이어졌다. 14세기 이후 이탈리아, 프랑스 등을 중심으로 철학, 신학, 자연과학을 자유롭게 연구하는 대학college이 본격적으로 등장했다.

대학에서 이루어지는 학문 탐구는 결국 그 사회의 발전에 지대한 영향을 미치게 마련이다. 세계의 역사를 뒤바꾼 종교개혁, 르네상스는 갑자기 일어난 사건이 아니다. 진리 탐구를 위한 열정과 그 성과들이 쌓여가면서 생겨난 지적 역량이 그러한 커다란 역사적 흐름을 만들어 내었다.

우리나라 대학의 역사를 되돌아보아도 진리 탐구를 향한 진지한 열정이 사회 발전에 얼마나 중요한 자양분을 제공해 왔는지 알 수 있다. 그러나 사회 일각에서는 대학을 일종의 취업 준비 기관으로 여기는 분위기가 없지 않다. 날이 갈수록 취업 관문은 좁아지고 있으며, 대학생들은 저마다 '스펙' 쌓기에 열을 올리고 있는 실정이다.

무릇 지성인이 실용적인 지식을 두루 겸비할 때 비로소 사회에서 쓰임을 받을 수 있다는 것은 당연한 사실이다. 그러나 오늘날 우리 사회는 도덕적·철학적 가치와 거시적 안목의 부재로 여러 가지 후유증을 겪고 있다. 지성인의 길에 들어선 사람이라면 누구나 가치 혼돈과 윤리 부재의 혼란을 헤쳐 나가며 이 사회에 중요한 재목으로 성장해야 할 책무를 지고 있다. 그 책무에 부응할 능력은 순수 학문에 대한 지식을 갖출 때 비로소 가능하다.

이 책자는 바로 이러한 문제의식을 바탕으로 여러 교양 학문이 다루고 있는 논제와 지식을 소개하는 데에 목적을 두고 있다. 대학생이라면 누구나 알아야 하는 순수 교양 학문의 핵심 내용을 쉽고 간명하게 이해할 수 있도록 하는 것이 이 책을 기획한 의도이다.

이러한 의도에서 사회학, 경제학, 역사학, 문학, 철학, 미술사학, 과학철학 등 지식의 일반을 구성하는 주요 학문을 선정하고, 각 분야 최고 권위자들과의 인터뷰를 통해 해당 학문의 발전 과정과 핵심적인 논제를 정리하였다. 인터뷰를 통해 주요 학문 분야의 얼개를 정리한

석학이 대학생에게 들려주는 지식의 풍경

것은 독자들이 편하게 이 책을 읽을 수 있도록 하기 위함이다.

대학은 기능적 지식인만을 양산하는 곳이 되어서는 안 된다. 진리 탐구의 장인 대학 본연의 목적을 되찾기 위한 첫걸음은 대학에서 탐구하는 순수 학문을 누구나 널리 접할 수 있도록 하는 데에서 시작된다. 이 책이 그러한 걸음의 조그마한 시작점이 될 수 있기를 기대한다.

2014년 2월
공주교육대학교 교양학문입문도서발간기획사업단

차례

석학에게 듣는
일곱 가지 기초 학문의 풍경

이 책은 사회학, 경제학, 역사학, 문학, 철학, 미술사학, 과학철학 분야를 중심으로 기초 학문의 존재 이유와 각 학문의 대가들이 생각하는 공부의 방향과 내용을 소개하고 있다. 기초 학문은 세계에 대한 이해의 틀을 제공하는 동시에 실용학문이 발전할 수 있는 기반을 제공한다는 점에서 매우 중요하다. 또한 기초 학문에 대한 이해는 자기 존중감의 증대, 자기 계발에 대한 내면적 동기를 향상시키는 데에로 나아가는 자양분이 될 수 있다.

우선 '나'와 가장 가까운 사회현상을 탐구하는 사회학에 대해서는 우리나라 사회학계에서 가장 영향력이 있는 학자로 꼽히는 중앙대 신광영 선생이 도움을 주셨다. 신광영 선생은 평범한 개인들이 자신의 경험에 기반하여 사회를 바라보는 데에 반하여 사회학은 보다 큰 범주에서 사회현상을 파악·분석하는 학문이라고 설명한다. 그는 한 개인이나 가족의 삶이 어떻게 보다 복잡한 사회구조와 제도에 의하여 만들어지고 규정되는지 생각해 보는 '사회학적 상상력'이 사회학 공부의 출발점이라는 사실을 설득력 있게 소개하고 있다. 이어 사회학이 사회진화론의 유입과 궤를 같이하며 우리나라에 도입된 이후, 20세기 후반의 여러 가지 사회문제에 대한 대응 과정에서 근대화를 객관적으로 분석·비판하는 흐름으로 나아갔다는 점을 강조한다. 그는 세대 간 원활한 소통, 성찰적 시민의 육성이야말로 우리 사회의 당면 과제를 해결하는 데에 필요한 일임을 강조하였다.

경제학 분야에 대한 설명은 경북대 교수로 재직 중인 이정우 선생이 맡아 주셨다. 청와대 대통령정책실장, 정책기획위원장 등을 지낸 이정우 선생은 세상을 다스리고 가난한 백성을 구제한다는 뜻을 담고 있는 '경세제민'이 경제학 연구의 요체라고 보고, 스미스의 《국부론》, 케인스 경제학, 신고전파 경제학 등 경제학 연구의 주류를 구성한 학파에 대하여 알기 쉽게 설명하면서, 성장과 분배를 동시에 고려할 때 진정한 경세제민이 가능하다고 강조하였다. 또 스미스와 케인스 등이 펴낸 고전들을 반드시 읽어볼 필요가 있다고 당부하며, 중요한 저서들에 대한 간략한 설명도 덧붙였다.

역사학에 대해서는 전 숙명여대 교수 이만열 선생이 들려주었다. 그는 한국독립운동사연구소장, 국사편찬위원장 등을 역임하면서 우리 사회의 중요한 이슈가 있을 때마다 양심적인 발언을 서슴지 않은 지식인이다. 그는 객관적 실증과 주관적 해석을 동시에 추구하는 역사학의 학문적 특징을 자세히 설명하면서 역사학은 과거 사실에 대한 해석을 추구하는 학문이라는 점을 분명히 하고 있다. 역사가는 과거 사실 전체를 연구 대상으로 삼는 것이 아니라 그 가운데 특별히 사회 전체 구성원에게 의미가 있다고 여겨지는 그 '무엇'을 선별하게 되는 데, 그 과정에서 실증과 해석 사이에 미묘한 긴장 관계가 발생하게 된 다. 실증과 해석을 어떻게 조화시킬 것인가 하는 문제는 랑케, 크로 체, 아날학파 등 서구의 저명한 역사학자들에게 매우 중요한 연구 과 제였는데, 우리나라 역사학도 그러한 고민 속에서 역사를 실증적으로 연구하고자 노력해 왔다. 이만열 선생은 역사학을 공부할 때 과거 사 실을 어떻게 해석할 것인가 하는 문제에 대한 고민이 반드시 있어야 하며, 민주화와 정의라는 가치를 고수하는 것이 그러한 고민의 핵심 이 되어야 한다고 강조하였다.

다음으로 국문학계를 대표하는 학자, 조동일 선생과 함께 한국 문 학의 특징에 대하여 살펴보았다. 조동일 선생은 문학 작품을 읽을 때 가장 효과적인 독서법, 작품을 읽을 때 주의해야 하는 사항, 반드시 읽어야 하는 우리나라 문학 작품 등을 소상히 소개하고 있다. 대학에 서 불문학을 전공했던 그는 프랑스 문학을 배운다는 데에 일종의 지 적 우월감을 지니고 있다가, 1960년대 우리 사회의 격변을 겪으면서 도달하게 된 지적 깨달음을 바탕으로 우리 문학에 바탕을 둔 학문을 추구하게 되었다. 조동일 선생은 자신의 학문적 여정을 되돌아보면서 우리 사회 현실에 대한 진정한 고민이 학문을 공부하는 기본적인 태 도가 되어야 한다는 점을 강조하고 있다.

순수 학문을 소개한다고 했을 때 빼놓을 수 없는 분야가 바로 철학 이다. 철학은 인간은 어떻게 살아야 하는가, 인간이란 무엇인가 등과 같은 질문에 대한 답을 추구한다. 철학이라는 학문을 논의할 때 누구나 고대 그리스의 소크라테스, 플라톤, 아리스토텔레스를 떠올린다. 그런데 가까운 중국에서도 춘추전국시대부터 사회 안정과 개혁을 주장하는 실천적 철학자들이 다수 등장하였다. 제자백가라고 불리는 중국의 고대 철학자들이 등장할 당시 중국은 격변의 소용돌이에 놓여 있었다. 끊임없는 전쟁으로 수많은 인명이 살상되고 삶의 질은 곤두박질쳤다. 이러한 때에 철학자들은 사회를 운영하는 시스템과 인간 심성에 대한 심도 깊은 탐구를 추구하였다. 그들 중에는 강력한 제후를 중심으로 하는 중앙집권적 절대주의 국가를 창출하고자 노력한 사람도 있었고, 절대주의 노선에 반대하여 '사(士)'라는 지식인 집단이 정치를 주도하는 체제를 수립해야 한다고 주장한 유가 집단도 있었다. 어떤 지식인들은 절대주의와 지식인들의 덕치, 모두를 거부하고 직접 생산자인 '민(民)'의 공동적 이익을 대변하고자 하였다.

사회 운영 원리를 두고 논전을 펼쳤던 제자백가 사상은 오늘날 우리 사회에도 귀감이 될 수 있다. 이러한 의미에서 이 책에서는 전 서울대 교수 송영배 선생으로부터 중국 고대 제자백가 사상의 의미를 들어보았다. 송영배 선생은 중국 허베이대학 출판부가 '문명과의 대화'를 주제로 선정한 세계 10대 저서인 《동서 철학의 교섭과 동서양 사유 방식의 차이》를 저술하였고, 제자백가를 주제로 오랫동안 대학에서 학생들을 가르쳤다. 그는 뚜렷한 자기 인생관과 목적의식이 있어야 비로소 성찰적인 지성인이 될 수 있다는 조언과 함께 법가, 묵가, 유가, 병가 등 중국 고대 철학자들의 사상을 쉽게 풀어 설명하였다.

미술사학은 미술 작품을 해석하고 의미를 부여하는 학문으로서, 직관적인 판단에 따라 어떤 것이 좋은지 나쁜지를 판단하는 능력, 그리고 우리가 일상생활에서 부딪치는 사물 세계를 분별하거나 인식해 내는 데에 유용한 학문이다. 〈명작 스캔들〉, 〈TV미술관〉 등의 TV 프로그램에 패널로 출연하고 있는 경기대 박영택 교수는 미술사학 및 미술 평론도 가치판단에 대한 끝없는 투쟁의 연속이라는 점을 강조하였다. 미술 공부를 통해 갖게 되는 안목과 감각의 힘이 우리가 세상을 살아가면서 겪게 되는 다양한 가치관의 혼란을 딛고 사물과 세계를 가려내는 데에 도움이 될 것이라는 점을 강조하고 있다. 또한 인상주의 이후 오늘날의 포스트모더니즘에 이르기까지의 다양한 화파에 대해서도 언급하면서 기존 미술에 대한 끝없는 회의와 질문, 그리고 반성이 새로운 작품의 탄생으로 연결되었다는 점을 강조한다. 또 미술 작품을 계속 공부하면서 얻게 되는 중요한 관점은 바로 세상 사람들이 당연시하며 받아들이는 어떤 관점이 사실은 상대적일 수 있다고 깨닫는 것이라고 강조한다.

과학철학은 자연과학의 성과를 분석하고, 과학적인 개념과 방법을 탐구하는 학문이다. 20세기 초 로마 가톨릭의 초자연적인 교리와 기적 신앙에 반감을 품은 학자들은 논리와 경험만이 중요하다고 주장하고 나섰는데, 그러한 흐름이 1920년대 빈 학단을 중심으로 구체화되면서 과학적 사고를 중시하는 과학철학이 성립하였다. 고려대 교수로 재직하면서 영국 케임브리지의 국제인명센터가 선정하는 '국제 교육계의 2012년도 인물'이 되기도 한 이초식 선생은 과학철학적 소양을 스포츠의 기본 종목인 육상에 비유하면서 참다운 지식을 얻으려고 갈망하는 마음, 과학적 지식에 대한 비판 및 재구성 능력 등을 지성인이 갖추어야 할 기본 덕목으로 꼽았다. 그는 과학철학에 대한 소양이 이러한 능력을 함양하는 데 중요하다고 언급하였다.

　학문의 길에 접어든 사람들이 갖추어야 할 소양은 이상 열거한 것 외에도 여러 가지가 있을 수 있지만, 이 책에서는 몇 가지 분야만을 간추려 간략하게 지식의 풍경을 묘사하고자 한다. 아무쪼록 이 책을 읽는 독자들이 기초 학문에 대한 관심을 갖고 자기 주도적인 자세로 학문하는 즐거움에 빠져들 수 있기를 기대한다.

사회학적 상상력을
강조하는

사회학

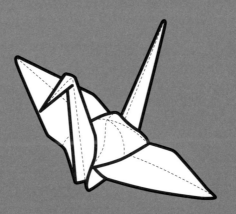

Sociology

신광영

서울대 사회학과를 졸업하고, 미국 위스콘신대에서 사회학 박사 학위를 받았다. 사회 불평등, 비교사회체제, 민주화와 정치 발전 등을 연구 주제로 삼아 사회학자로서 활발하게 활동하고 있다. 비판사회학회 회장, 스칸디나비아학회 회장 등을 역임했으며 현재 중앙대 사회학과 교수로 있다. 우리나라 사회학계에서 가장 영향력 있는 학자로 꼽힌다.

대담-최병택(공주교육대학교 초등사회과교육과 교수)

interview

질문　사회학을 공부하면 사회를 바라보는 시각이 넓어질 것 같은데, 구체적으로 어떤 측면에서 도움을 얻을 수 있는지 궁금합니다.

신광영　사회학은 인간과 인간이 속한 사회를 이해하는 학문입니다. 사회학이 거대한 범주인 한국 사회나 한국인의 특징이 무엇인가에 관심을 두지만, 구체적이고 미시적인 사회인 교실 안에서 교사와 학생의 관계나 학교라는 조직 자체를 이해하는 데도 가장 기본이 되는 학문입니다. 개개인이 속한 가족, 가족이 속한 커뮤니티와 지역사회, 일상생활을 꾸려 나가는 노동 현장, 여가와 결혼 등 일상적인 것과 정치·경제적인 것을 포괄하는 학문이라고 할 수 있습니다.

　사회에 대한 관심은 누구에게나 조금씩 있습니다. 다른 지역이나 해외에 가서 낯선 풍물이나 관습을 보고 그런 것에 호기심을 갖는 것은 인지상정이겠지요. 해외여행을 하면서 보고 겪은 것을 글로 써서 블로그에 올리는 사람들이 많고, 그런 글에서도 우리와 다른 것을 많이 볼 수 있습니다. 예를 들어 봅시다. 한국에서는 대학 등록금 때문에 학부모가 허덕이는데 왜 유럽의 대학은 등록금이 없을까? 북유럽 사람들은 어떻게 노후 걱정이 없을까? 왜 기러기 가족은 한국에만 있을까? 우리보다 국민소득이 훨씬 높은 미국에 노숙자들이 왜 그렇게 많을까? 이런 호기심이 우리 교육제도 안에서는 잘 키워지지 않습니다. 주입식 교육 체제에서는 호기심을 갖고 그것을 계속 탐구하기가 쉽지 않기 때문입니다.

사회학은 우리가 직접 경험하거나 알 수 있는 사회현상이 왜, 어떻게 나타났는지를 호기심을 넘어서 더 체계적으로 설명하는 학문입니다. 사실 우리가 경험하지 못한 사회현상이 상당히 많습니다. 동학농민혁명이나 임진왜란 등 역사적 사건의 상당수가 그렇고, 집합적 사실 중에서도 그런 것이 많습니다.

오늘날 심각한 사회문제로 여겨지는 한국의 높은 자살률도 개개인이 직접 보지 못했고, 경험하지 못한 집합적 사회현상입니다. 직접 경험하지 못한 사실이지만 뉴스를 통해서 접했기 때문에 잘 알고 있다고 생각합니다. 역사적 사건과 사회 현실도 "왜 그럴까?"라고 묻는 순간, 막연하게 그리고 당연하게 생각하던 것들이 당연하지 않다는 것을 알게 됩니다. 한번 물어봅시다. "왜 조선 말 농민들이 한창 농사지을 시기에 무기를 들고 관군과 일본군에게 저항했을까?" "건강하게 오래 살기 위해서 수많은 약품과 의술을 개발하는 현대사회에서, 왜 하루에도 수십 명씩 스스로 목숨을 끊을까?" 사회학에 대한 관심은 이렇게 호기심에서 시작됩니다. 우리가 당연하게 생각해서 아무런 질문을 던지지 않은 일상사에서부터 사회 전체 그리고 더 나아가서 세계 곳곳에서 벌어지는 사건들에 대해 질문을 던지는 순간, 사회학에 대한 관심이 커집니다.

지난 1세기 동안 사회현상에 대한 이해가 크게 높아졌습니다. 특정한 사회와 시대 속에 살고 있는 나 자신에 대한 이해도 높아졌습니다. 나와 나를 둘러싼 사회와 세계에 대한 이해를 제공한다는 점에서 사회학 공부는 깨침의 과정이자 개명의 과정입니다.

질문　사회학의 유용성과 목적에 대해 충분히 알겠습니다. 그런데 사회학과 목적과 관심사가 유사한 학문이 적지 않은 것 같습니다. 다른 학문들과 사회학을 어떻게 구별할 수 있습니까?

신광영　사회학이 다른 학문과 공통점이 있다고 하지만 사실 차이가 많습니다. 대개 사람들은 개인적 경험의 세계에서 크게 벗어나지 못합니다. 그런데 사회학은 전체를 이해하려고 하는 여러 가지 노력을 합니다. 전국적인 조사를 한다든가, 설문 조사를 한다든가, 데이터를 분석한다든가, 비교 연구 같은 방법을 쓰는 것입니다.

오늘날 사회학은 개인·가족·커뮤니티·사회 등에 대한 분석만으로는 부족하기 때문에 전 지구적인 변화 속에서 어떻게 내 삶이 규정되고 사회가 영향을 받는가 하는 점, 그러니까 거시적인 맥락과 연결해 우리 사회와 개인을 이해하려고 하는 것이 특징입니다. 이렇게 보면 사회학을 통해서 시야를 굉장히 넓히는 효과도 있다고 할 수 있겠습니다.

질문   사람들이 보통 자신의 경험에 기초해 사회를 보는데, 사회학은 더 큰
범주에서 현상을 파악한다는 말씀이군요?

신광영   그렇죠. 전체적으로 어떻게 변하고 있는지, 왜 그런 변화가
생겨났는지 탐구하는 것이 사회학의 특징입니다. 최근 우리 사회에서
는 비정규직이라는 고용 형태가 확산되고 있다고 합니다. 간접 고용,
시간제 고용, 일일 고용 같은 현상도 있습니다. 불안정하게 고용된 사
람들의 가족은 심한 어려움을 겪게 됩니다. 이런 생활상의 어려움은
개인의 경험입니다. 그런데 그런 문제가 개인적 차원에서 그치는 것
이 아닙니다.

　기업의 고용 정책 변화 과정에 나타나는 것이 명예퇴직입니다. 우
리나라 사람들은 평균적으로 53세가 되면 회사를 떠난다고 합니다.
아버지가 53세라면 자녀들이 대학을 졸업하지 못한 경우가 많습니다.
대학 등록금이 꽤 비싼 편이어서 경제적으로 상당한 어려움을 겪기
마련인데, 대학 졸업 후에 결혼을 해야 하니까 경제적 어려움은 더 커
집니다. 그래서 많은 중산층 부모들이 미래에 대해 불안을 느끼게 됩
니다. 그래서 '중산층의 위기'라는 말이 신문 지상에 등장하고, 자연
스럽게 사회적 양극화가 문제가 되기도 합니다. 이런 상황에서 부모
들은 자녀들의 교육에 주력하게 됩니다. 주어진 조건에서 최선을 다
하는 방법이기 때문입니다. 교육에 대한 관심은 사교육의 확대로 이
어지고 공교육에도 큰 영향을 미치게 됩니다. 사회학은 바로 이런 의

미에서 '사회학적 상상력'을 강조합니다. 서로 무관한 것처럼 보이는 단편적인 사회현상들이 어떻게 서로 연결되어 있는가를 사고하는 것이 사회학적 상상력의 핵심입니다.

질문　**사회학적 상상력에 대해 좀 더 설명해 주시겠습니까? 사회학의 특징을 확실히 이해하는 데 도움이 될 것 같습니다.**

신광영　네, 앞에 말한 것처럼 사회학적 상상력의 핵심은 연계성에 대한 사고입니다. 두 가지 예를 들어 보겠습니다. 먼저, 한국전쟁에 대한 이해입니다. 사람들은 보통 자기 경험을 바탕으로 모든 것을 생각하고 판단하기 마련입니다. 한국전쟁을 경험한 사람들은 그때 경험을 바탕으로 한국전쟁을 이야기합니다. 그런데 한국전쟁은 미국과 소련의 이념 대립 속에 일어난 전쟁입니다. 전쟁은 한반도에서 일어났지만, 핵심 조건은 미국과 소련 간의 이념 갈등이었습니다. 그리고 1949년 중국 공산당이 중국 대륙을 석권한 직후인 1950년 6월 25일에 한국전쟁이 발발했습니다. 그렇다면 제2차세계대전 이후 급변한 동아시아의 냉전 체제 형성이라는 맥락을 짚어야 한국전쟁의 성격을 잘 이해할 수 있습니다. 한 개인이나 가족의 경험이 한국전쟁의 성격과 내용을 다 말해 주지는 않는다는 뜻입니다. 이렇게 개인이나 집단의 경험이 보이지 않는 현실과 어떻게 연계되는지를 파악하는 것이 사회학적 상상력의 중요한 부분입니다.

　다른 예는 '기러기 가족'입니다. 최근 한국에서 어린 자녀를 외국에 유학 보내는 조기 유학이 많아지면서, 기러기 가족이라는 말이 생겼습니다. 아버지는 혼자 한국에서 생활비를 벌고, 어머니는 어린 자녀와 주로 영어를 쓰는 나라로 가 생활하면서 자식 교육을 책임지는 가족 형태를 가리키지요. 부부가 오랫동안 별거한다는 점에서 정상적인 가족으로 보기 힘든데도 이런 가족이 늘고 있다는 점에서 독특한 사회현상이라고 할 수 있습니다. 보통 1990년대 중반 이후 한국 사회가 급속도로 세계화를 강조하면서 벌어진 현상이라고 하는데, 세계화만으로 기러기 가족이 늘어나는 것을 설명할 수는 없습니다. 다른 나라들도 세계화를 강조하지만 한국 같은 현상을 겪고 있지는 않기 때문입니다. 결국 기러기 가족은 세계화뿐만 아니라 한국의 입시 경쟁, 중산층의 자녀 교육 전략, 남성이 가계를 전담하고 여성이 자녀 양육을 전담하는 가부장제 등과 함께 살펴봐야 합니다.

사회학은 이렇게 사회학적 상상력을 동원해 서로 다른 현상들을 연결하거나 비교해 보는 것입니다.

질문   개인의 일을 사회적 맥락 속에서 이해하는 점에서 사회학은 근대적인 학문이라는 생각이 듭니다. 사회학은 언제 등장했습니까?

신광영   19세기 유럽에서 사회학이 탄생했습니다. 당시 유럽은 산업혁명, 시민혁명, 사회혁명 등 세 가지 혁명을 동시에 거치는 급격한 사회 변동을 겪었습니다. 그리고 이런 변화를 '혼란'으로 여기는 사람들이 있었고, 그 전과 전혀 다른 새로운 사회의 도래로 보는 사람들도 있었습니다. 전자는 혼란스러운 현실에서 벗어나 다시 과거 사회로 돌아가기를 원했습니다. 흔히 '보수'라고 하는 이념이 이런 집단의 핵심 가치였습니다. 후자는 과거의 질곡에서 벗어나 새로운 사회를 만들겠다는 열망이 있었습니다. 그들은 사회가 과거보다 발전하고 있다는 진보적인 역사관을 가졌습니다.

다른 한편에서는 이런 변화의 원인과 방향을 체계적으로 분석하고 설명하려는 노력이 나타났습니다. 바로 사회학이 등장한 것입니다. 사회 변화가 '혼란'이 아니라 '발전'이며 '새로운 사회의 등장'이라고 믿고, 그런 생각을 이론적으로 제시하려고 했습니다. 그래서 사회 변화에 대한 다양한 논의들이 등장했습니다. 영국의 스펜서Hebert Spencer는 군사형 사회에서 산업사회로 이행하고 있다고 주장했고, 프랑스의 생시몽Claude Henri de Rouvroy, Comte de Saint-Simon은 봉건사회에서 산업사회로 이행한다고 주장했습니다. 그리고 독일의 퇴니에스Ferdinand Tönnies는 공동사회에서 이익사회로 이행한다고 보았습니다. 뒤르켐Émile Durkheim은 기계적 연대가 중심이 되는 사회에서 유기적 연대가 중심이 되는 사회로 변하고 있다고 했지요. 경제적인 변화를 중심으로 이해한 마르크스Karl Heinrich Marx는 봉건사회에서 자본주의 사회로 이행하고 있다고 주장했습니다. 이렇게 여러 학자들이 19세기 유럽에서 일어난 전대미문의 사회 변화를 둘러싸고 그 성격과 방향에 관한 이론을 제시했습니다. 어찌 보면 사회학이 등장할 수밖에 없는 환경이었습니다.

질문 사회학의 형성 배경으로 세 가지 혁명을 말씀하셨는데, 그중 좀 더 자세히 살펴봐야 할 것이 있습니까?

신광영　산업혁명에 대해 짚고 넘어가고 싶습니다. 일반적으로 생각하는 것처럼 산업혁명이 폭발적인 경제성장을 가져오지는 않았습니다. 경제사학자인 매디슨Angus Maddison의 연구에 따르면, 1830년부터 1900년까지 영국은 연평균 1~1.5퍼센트 정도의 경제성장률을 보였다고 합니다. 오늘날의 기준으로는 대단히 낮은 경제성장률입니다. 그런데도 산업혁명이라고 부른 것은 1000년 이상 유지된 봉건적 중세 장원 중심의 생산 체제가 무너지고 새로운 자본주의 생산 체제가 등장하는 변화를 촉발했기 때문입니다. 그 전 시기의 사람들은 세대가 달라져도 아무런 변화가 없이 반복되는 순환적인 삶을 살았습니다. 사람들은 계절이 반복되듯 삶도 계속 반복될 것이라고 생각했습니다. 그런데 오늘날에는 과거와 달리 변화와 발전이라는 것을 당연하게 생각합니다. 오늘은 어제와 다르고, 내일은 오늘과 다른 발전된 세상이 될 것이라는 생각을 모두가 합니다. 부가 늘어나고 경제가 성장하지 않으면 큰일 나는 것으로 생각합니다. 진보를 당연한 것으로 여기게 됐습니다. 오늘날 우리는 발전을 당연하게 생각하지만, 이것은 근대의 산물이라는 점을 인식해야 합니다. '순환적 사고'에서 '발전적인 사고'로 전환하는 현상이 근대에 나타났고, 산업혁명은 그것을 실제로 보여 준 사건이라는 점에서 큰 의미가 있습니다. 산업혁명을 계기로 사람들의 생각이 근본적으로 바뀐 것입니다. 물론 영국에서 입헌군주제를 확립한 시민혁명인 명예혁명도 산업혁명에 긍정적인 영향을 끼쳤지요.

산업혁명은 사람들의 관계도 변화시켰습니다. 과거 봉건제도하에서는 영주와 농노 혹은 지주와 농민이 주요 사회집단이었지만, 산업혁명을 계기로 노동자들을 고용해 부를 축적하는 자본가들이 등장했고, 이들에게 고용되어 노동력을 제공하고 임금을 받는 노동자들이 생겨났습니다. 프랑스에서는 전자를 부르주아지, 후자를 프롤레타리아라고 불렀습니다. 이 두 계층은 소득원이 다르고, 그들의 소득은 서로 대립적인 속성이 있었습니다. 한쪽이 더 많이 가져가면, 다른 쪽은 그만큼 손해를 보는 대립적인 이해관계였기 때문입니다. 새로운 사회 세력으로 등장한 산업 부르주아지는 경제력을 많이 가졌고, 왕을 비롯한 귀족과 지주 등 중세 질서에 기반을 둔 집단은 정치권력을 독점하고 있었습니다. 왕은 무분별하게 자주 전쟁을 일으키고, 전쟁에 필요한 자금을 마음대로 부르주아지에게 세금으로 부과했습니다. 이에 부르주아지는 불만을 품고, '권리 없는 과세 없다'는 주장을 내세우며 구체제에 저항했습니다. 부르주아지는 세금을 내는 만큼 정치적 권리를 가져야 한다고 보고, 그들을 대표하는 사람들의 동의를 거쳐서 과세를 결정해야 한다고 주장했습니다. 이 요구는 기득권 세력에 대한 도전이었고, 결국 1789년 프랑스 파리에서 절대왕정을 무너뜨리는 시민혁명이 일어나는 데 영향을 미쳤습니다. '앙시앙 레짐'이라고 불리는 구체제가 이렇게 무너지고 근대적인 정치체제가 등장합니다.

한편 3대 고전 사회학자로 불리는 마르크스, 뒤르켐, 베버Max Weber는 자신들이 경험한 격동의 사회들에 대한 분석을 제시했습니다. 혼란스럽게 보이는 현실에 대한 냉철한 분석을 통해 유럽이 겪는 현실은 혼란이 아니라 변화를 만들어 내는 과정이라는 점을 강조하고, 더 바람직한 사회를 향한 변화를 여러 방식으로 도모했습니다. 즉 변화의 내용을 분석하고, 변화가 낳는 병리적 현실에 대한 진단과 해결을 모색했다는 점에서 고전 사회학자들은 과학적 연구를 통한 사회 개혁을 도모했다고 볼 수 있습니다. 물론 모두가 사회의 변화를 낙관적으로 본 것은 아닙니다. 베버는 합리성의 증대를 근대사회의 특징으로 파악하는데, 합리성이 과도하게 발달하면 오히려 개인의 자유를 가로막는 결과를 낳을 것이라고 했습니다. 예를 들어, 전통의 굴레로부터 사람들을 벗어나게 한 관료제가 지나치게 발달하면 개인의 자유를 위협하는 새로운 합리화의 덫에 빠지게 된다고 본 것입니다.

질문　사회학이 사회 변화를 면밀하게 분석하고, 변화의 방향을 논했다는 점에서 '앞서 가는 학문'이라고 할 수 있겠군요.

신광영　맞습니다. 기존 사회의 문제를 분석하는 데서 시작한 학문이다 보니 권위주의 체제에서는 다소 억압을 받았습니다. 독일 사회학은 나치 체제에서 억압을 받아 사회학과가 대학에서 없어지기도 했고, 중국 사회학도 중국 공산당 체제에서 억압받아 1953년에 대학에서 사회학이 없어졌습니다.

그런데 근대 학문으로서 출발한 사회학이 곧바로 완성된 형태를 갖춘 것은 아닙니다. 고전 사회학자들은 대부분의 연구 활동을 대학에 사회학과가 없는 상태에서 했습니다. 뒤르켐과 베버는 각각 프랑스와 독일에서 사회학과를 만들었지만, 사회학과 소속으로 활동한 기간은 길지 않습니다. 마르크스는 사회학과에 소속된 적도 없습니다. 오늘날 대학의 체계에 사회학과가 들어간 것은 고전 사회학자들이 논의를 시작하고 한참 뒤의 일입니다. 대학의 사회학과는 오히려 미국에서 먼저 생겼습니다. 대학 내 사회학과의 개설은 교과과정과 학위 제도를 통한 표준적인 교육이 시작되었다는 것을 의미합니다. 오늘날 대부분의 사회학과에서 사회학 이론, 사회조사 방법, 사회통계를 필수 과목으로 하고 있습니다. 이런 것들이 사회를 분석하는 데 필요한 핵심 과목이라고 여겨지기 때문에 어느 정도 표준적인 교과과정이라고 볼 수 있습니다.

19세기 말에는 중국과 일본에서 사회학 서적들이 번역되면서 아시아에 사회학이 들어왔습니다. 그런데 오늘날 고전 사회학자로 인정되지 않는 스펜서의 책이 많이 번역되었다는 사실이 흥미롭습니다. 그는 사회학의 토대를 쌓기보다는 19세기 중엽에 제국주의화하는 유럽의 상황에 맞는 사회진화론을 제시해서 영향력을 행사했습니다. 사회도 자연처럼 가장 적합한 사회가 발전하고 그렇지 못한 사회는 도태된다는 것이 사회진화론의 주장입니다. 사회진화론이 내놓은 약육강식 논리가 제국주의 현실을 잘 설명하는 것으로 받아들여졌고, 식민지는 상대적으로 열등해서 제국주의의 지배를 받을 운명이라는 논리가 만들어졌습니다. 그러니 식민지가 되지 않으려면 자체적으로 힘을 길러 발전을 도모하는 것이 급하다는 주장이 널리 퍼졌습니다. 일본도 침략기에 사회진화론을 받아들였고 1893년에는 도쿄제국대학에 사회학과가 생겼습니다. 장지연張志淵과 이인직李人稙이 우리나라에 사회학을 소개할 때도 사회진화론은 핵심적인 이론이었습니다. 우리나라 최초의 신소설로 평가받는 〈혈의 누〉를 쓴 이인직은 1900년 9월부터 1903년 7월까지 일본 도쿄정치학교에 유학하며 접한 사회학을

1906년에《소년한반도》라는 잡지를 통해 소개했습니다. 서구의 '소시 알러지sociology'가 당시 일본에 사회학으로 번역되어 있었거든요. 1909년에는 언론인 장지연이 중국처럼 '군학群學'이라는 번역어로 스펜서의 이론을 소개했습니다.

질문   나라마다 근대기에 새로운 학문인 사회학을 접한 셈이군요. 그럼 그 뒤로 사회학이 오늘날처럼 발전한 계기가 있습니까?

신광영   사회학은 제2차세계대전 이후 크게 발전했습니다. 이성과 합리성을 내세운 서구 사회가 파괴적인 대규모 전쟁을 두 차례나 겪으면서 인간의 이성과 합리성에 대한 믿음에 회의를 품게 됩니다. 엄청난 사상자와 경제적 손실을 가져온 비합리적인 상황을 어떻게 설명할 수 있을까? 왜 과학과 기술이 인간을 무지와 궁핍에서 해방하기보다는 살상과 파괴로 내몰았을까? 왜 인간은 프랑스 시민혁명이 내세운 가치인 자유, 평등, 박애와 거리가 먼 현실을 만들었을까? 그리고 이런 문제 제기는 기존 사회의 불평등과 부정의에 대한 성찰로 이어졌습니다. 성차별과 민권에 대해 새롭게 인식한 것입니다. 사회제도와 문화·이념을 통해서 유지되는 성차별에 대한 분석과 비판이 1960년대 중반 이후 사회학뿐만 아니라 모든 사회과학과 인문학의 주된 흐름이었습니다. 그리고 당시 미국 사회에서 뿌리 깊게 남아 있던 흑인 차별에 저항하는 민권운동이 등장하면서, 당연시되던 차별적 제도와 관행 들이 도전받기 시작했습니다.

산업화의 후유증인 공해에 대한 비판적 인식도 1970년대 이후 확산되기 시작했습니다. 중화학공업 관련 기업들은 환경을 파괴하면서 이윤을 올리지만, 일반 시민들은 환경오염으로 고통받았습니다. 자원 고갈도 사회적으로 문제가 되었습니다. 이런 문제점들이 대두되면서 '성장의 한계'를 논의하는 경향이 나타났습니다. '지속 가능한 성장' 담론도 이때 등장합니다. 환경은 경제활동의 당사자가 아닌 다른 사람에게 의도하지 않은 혜택이나 손실을 주는 '외부성externality'의 문제라며 경제 논의에서 고려하지 않던 경제성장론에서 점차 환경을 중요한 요소로 고려하는 '사고의 전환'이 일어난 것입니다.

이런 갖가지 문제와 관련해 등장한 것이 바로 신사회운동입니다. 전통적인 노동운동 중심의 사회운동에서 소비, 환경, 성, 인권, 여성의 권리, 반전 평화 등 다양한 주제의 사회운동으로 확산된 것입니다. 새로운 사회운동은 인간의 삶 전반에서 발견되는 억압적 요소들의 문제를 제기했습니다. 그리고 이런 변화들이 모두 새로운 사회학적 과제라고 할 수 있습니다. 사회의 변화 속에 사회학의 탐구 대상이 늘었고, 그런 과제를 수행하면서 사회학이 학문적으로 성장한 것입니다.

질문 우리가 새로운 변화를 겪는 21세기에도 사회학은 그 변화의 성격과 방향을 분석해야 한다는 과제를 안고 있는 것 같습니다. 사회학이 당면한 과제에 대해 말씀해 주십시오.

신광영 지금 세계화가 각 사회를 변화시키고 있습니다. 1980년대 후반 동유럽 국가사회주의의 소멸로 전 세계가 자본주의 시장경제로 통합되었습니다. 자본과 상품의 이동이 자유로워지면서 무역이 크게 증가했는데, 투기적인 금융자본이 크게 늘어나면서 시장의 불안정성도 같이 높아졌습니다.

제조업이 줄어드는 탈산업화 때문에 일자리가 줄어들고, 인력을 감축할 수 있는 자동화와 디지털화로 '고용 없는 성장'이 나타나는 실정입니다. 또한 노동시장 유연화로 '불안정한 일'이 크게 늘고 있습니다. 고용 불안정은 소득 불안정으로도 이어져 사회 양극화 현상을 촉발하고 있습니다. 이런 추세에 대응해, 인간이 부의 축적과 경제 발전을 위한 도구가 되는 것이 아니라 부의 축적과 경제 발전이 인간의 삶을 풍요롭게 하고 자유를 증진하는 도구가 되어야 한다는 인식도 커지고 있습니다.

따라서 오늘날 사회학의 과제는 세계화라는 전 지구적인 변화가 낳고 있는 다양한 변화들을 분석하고 변화의 방향을 제시하는 것입니다.

질문 우리나라 사회과 교육과정은 민주 시민의 자질을 양성하는 데 궁극적인 목표를 두고 있습니다. 사회학도 민주주의라는 가치에 상당한 관심을 기울이겠지요? 사회학자로서 한국의 민주주의에 대해 어떻게 생각하시는지 궁금합니다.

신광영 지금 보기에 17~18세기 영국의 민주주의는 주주총회 민주주의라고 할 수 있습니다. 주식이 없는 사람은 투표하지 못하는 주주총회처럼 세금을 내는 사람만 투표권을 가졌기 때문입니다. 결국 재산이 없는 사람, 여성은 배제된 민주주의였습니다. 프랑스도 크게 다르지 않았습니다. 프랑스 여성들이 투표권을 가진 것은 1946년의 일입니다. 영국은 1926년에 노동자들이 투표권을 가졌고요. 재산, 성별, 연령에 제한을 두어 선거권을 주는 관행은 상당히 오랫동안 지속되었습니다. 민주주의가 오늘날과 같은 형태를 갖춘 것은 채 1세기가 안 됩니다.

민주주의는 자신에게 영향을 미칠 수 있는 정책, 법률 등이 만들어지는 과정에 자기 의견을 표현하는 제도입니다. 이런 점을 생각할 때 지금 한국의 민주주의는 위기에 놓여 있습니다. 투표율이 너무 낮은 것이 문제입니다. 지금 유럽의 많은 나라들은 100년 넘게 80퍼센트 이상의 높은 투표율을 유지하고 있습니다. 그런데 우리나라는 투표율이 60퍼센트를 넘지 않는 경우가 많고, 지방선거는 20퍼센트에도 미치지 못하는 경우가 있습니다.

민주 시민을 양성하는 교육에서 가장 중요한 것은 민주 시민으로서 권리를 행사하는 자세를 기르는 일입니다. 사실 제가 교육받던 시절에는 국방, 납세, 교육 등 국민의 의무를 주로 강조했습니다. 정작 민주 시민의 권리가 무엇인지는 제대로 교육받지 못한 것 같습니다. 정치의 주권자는 바로 국민이라는 의식을 먼저 심어 주고, 주권자인 국민이 가진 권리도 인지하도록 교육할 필요가 있습니다.

질문 사회학은 근대화, 근대성, 근대주의 등 근대와 관련된 말을 많이 쓰는 것 같습니다. 사회학이 근대에 등장해 사회 변화에 민감하게 대응했다는 점을 생각하면 당연한 결과로 여겨집니다만, 각 단어의 의미를 좀 더 자세히 알려 주시면 좋겠습니다.

사회학은 익숙한 것과 '거리 두기'를 통해 연구하려고 하는 분야를 대상화하고 설명하는 데서 출발합니다. 당연하게 여기는 것들에 대해 "왜?"라고 묻는 데서 출발한다는 것입니다. 사실 이것은 물고기가 물속에 살면서 왜 물속에 사는지 스스로 묻는 것과 같습니다. 어려운 일입니다. 그러나 그렇게 해야만 물고기라는 존재를 잘 이해할 수 있습니다. 사회현상에 대해 질문하는 순간, 우리는 사회에 대한 새로운 인식에 다다를 계기를 갖게 됩니다.

신광영 사회학이 근대사회의 형성 과정에 태어났다면, 새롭게 등장하는 근대사회를 분석하며 학문으로서 출발했다고 할 수 있습니다. 앞에 말한 것처럼 근대사회를 대상화해 근대사회의 형성과 변화 그리고 변화의 방향을 분석하는 논의가 고전 사회학의 주된 흐름이었습니다. 당시 등장한 사회 이론들은 전체 서구 사회의 역사적 변화를 논의한다는 의미에서 거대 이론이라고 불렸습니다.

전근대사회에서 근대사회로 넘어가는 변화를 가리키는 말이 '근대화'입니다. 역사적으로 근대화의 형태는 다양합니다. 근대화의 전형을 보였다고 할 수 있는 영국에서는 국가의 개입이 없이 사회 구성원 각자가 경제적 이익을 추구하는 과정에서 기술이 혁신되고 시장이 발달하면서 산업혁명으로 나아갔습니다. 자발적이고 자생적인 형태로 산업혁명이 이루어지고 민주정치가 구체제를 대체하면서 근대화한 것입니다. 이와 대조적으로 독일이나 일본에서는 권위적인 국가가 근대화를 주도하는 '위로부터의 근대화'가 나타났습니다. 국가가 경제에 개입해 특정 산업을 육성하는 식으로 낙후된 산업을 발전시켰으며, 시장에 개입해 경제를 관리하며 근대화를 추진한 것입니다. 주로 산업화를 뒤늦게 시작한 나라들에서 산업화를 먼저 이룬 나라들을 따라잡기 위한 '추격 발전' 전략으로 국가가 근대화를 주도했습니다. 한국·타이완·싱가포르 등에서도 국가가 근대화를 주도했는데, 이런 나라들에서는 권력이 국가에 집중되어 정치적으로 권위주의 체제가 나타났습니다. 그 예로 독일과 일본의 파시즘, 한국과 타이완의 독재 체제를 들 수 있습니다. 특정 정당이나 개인이 정치권력을 독점하고 그것을 이용해 경제를 통제하면서 정치적으로 권위주의 체제가 형성된 것입니다.

초기 사회학자들과는 달리 오늘날의 사회학자들은 근대사회의 특징을 제도적인 측면과 미시적인 수준에서 분석하는 경향을 보이고 있습니다. 결혼 제도, 가족 관계, 섹슈얼리티, 기업 조직과 경제활동, 노사 관계, 과학과 기술, 교육제도, 복지와 삶의 질, 정치와 권력, 국가와 민주주의, 건강관리와 질병 치료 등에서 사회가 상당히 변했지요. 이런 것들에 대한 분석이 20세기 후반 사회학 연구에서 크게 부각되었습니다.

'근대성'은 전근대사회와 달리 근대사회에 있는 독특한 생활양식과 사회적 속성을 가리키는 말입니다. 시인 보들레르Charles Pierre Baudelaire가 처음 쓴 근대성이라는 개념은 사회를 신이 아니라 인간이 바꿀 수 있다는 세계관, 경제적인 합리성에 기초해서 작동되는 시장제도, 주술이나 종교보다 과학과 기술을 중시하는 합리적인 사고 등을 포함합니다.

'근대주의'는 근대성과는 전혀 다르게 근대의 사상적, 철학적 조류를 가리키는 말입니다. 일부 선구적인 사상가와 지식인들이 공유하는 철학적 사조라는 점에서, 근대사회 구성원 전체의 가치관이나 태도와는 차이를 보입니다. 근대주의는 전근대의 경제, 정치, 사회와 문화에 대한 비판을 토대로 합니다. 특히 계몽주의는 근대주의를 대표하는 지적 흐름으로서 과학, 철학, 사회와 정치에서 혁명적인 전환을 일으킨 사조이며 근대사회를 만들어 낸 선구적인 철학입니다. 그 안에는 인간의 이성에 기초한 과학과 기술의 발달로 인간과 사회의 미래를 스스로 만들어 갈 수 있다는 강한 믿음이 깔려 있습니다. 그래서 인간의

석학이 대학생에게 들려주는 지식의 풍경

존엄성과 자유를 가장 중요한 가치로 삼고, 권력자가 아니라 국민 전체의 판단을 중시하는 민주주의가 정치제도로 자리 잡게 되었습니다.

질문　근대화를 아래로부터 이룬 나라와 위로부터 이룬 나라는 경제적인 면에서뿐만 아니라 사회적인 면에서도 분명히 다르다는 것을 알았습니다. 한국 사회가 근대화 과정의 특징 때문에 겪게 된 갈등에 대해 말씀해 주십시오.

신광영　한국 사회는 전근대, 근대, 후기 근대의 사회현상을 한 세대 안에서 동시에 경험합니다. 이것을 '비동시성의 동시성'이라고 하는데, 서구에서는 100여 년에 걸쳐 일어난 현상이 한국에서는 수십 년 정도의 단기간에 나타난 것을 가리키는 말입니다.

　이런 현상은 세대 간 갈등을 만들어 내는 주요 원인으로 기능하고 있습니다. 전쟁과 빈곤의 시기인 1950년대와 1960년대, 산업화 시기인 1970년대와 1980년대, 디지털 혁명이 일어난 1990년대와 2000년대에 청년기를 보낸 각 세대는 너무 다른 현실을 경험했습니다. 경험한 것이 다르기 때문에 가치관이 다르게 형성됩니다. 한국에서 나타나는 세대 갈등의 배경은 이런 급격한 사회 변화입니다.

　세대 갈등의 원인을 바르게 이해하는 것은 그 갈등의 해법을 찾는데 중요합니다. 세대 갈등을 풀기 위해서는 각 세대의 가치관이 서로 다른 사회적 경험의 산물이며, 세대 갈등이 가치관 갈등이라는 점을 우선 이해해야 합니다. 그리고 가치관의 갈등은 생각의 차이에 바탕을 두기 때문에, 차이를 강조하기보다는 차이가 생긴 원인을 이해해야 합니다.

한편 이런 갈등은 정치적인 차원에서도 똑같이 나타나고 있습니다. 특히 민주주의와 관련해 세대 간 이해가 첨예하게 달라집니다. 권위주의 시대에 청소년기를 보낸 사람들은 민주주의라는 말은 배웠어도 민주주의를 직접 경험하지는 못했습니다. 그들은 일상생활에서 민주주의가 어떻게 실현되는지, 민주주의가 가정과 학교와 직장에서 어떻게 나타날 수 있는지를 전혀 모릅니다. 민주주의적 심성이 형성되지 않았기 때문에, 민주주의적 사고와 행동을 하기 힘든 것입니다. 반면, 1990년대와 2000년대에 청소년기를 보낸 세대는 정치적으로나 사회적으로 개방된 환경에서 자랐으며 다른 사회에서 민주주의가 구체적으로 어떻게 실현되는지를 배웠습니다. 민주주의가 말이 아니라 경험의 중요한 내용을 이룬 첫 세대라고도 볼 수 있습니다.

세대 간 갈등을 풀기 위해서는 우선 세대 간 소통이 활발해져야 합니다. 세대 간 차이를 서로 이해하고, 그것에 기초해 소통하는 것이 갈등 해소의 시작입니다. 그다음 단계로, 과거의 가치관보다는 미래의 가치관에 기초한 노력이 필요합니다. 나이 든 세대가 자신들의 가치관을 내세우기보다는 장기적인 관점에서 사회 변화의 방향을 이해하고, 이를 적극적으로 수용하려고 노력해야 한다는 뜻입니다. 세대 간 갈등은 어떤 세대가 다른 세대를 억압하거나 배제하는 방식으로는 해결할 수 없다는 점을 인식하면 좋겠습니다. 그리고 그런 인식이 개인적 차원에 그치기보다는 사회적으로 공유되어 제도에 반영되길 바랍니다. 한국처럼 변화가 빠른 사회에서는 세대 간 갈등이 크다는 점을 인정하고 그 해결책을 찾을 때 가장 중요한 것은 민주적 소통이라는 점을 강조하고 싶습니다.

석학이 대학생에게 들려주는 지식의 풍경

질문　사회현상에 대한 이해뿐만 아니라, 사회문제의 해결을 위해서도 사회학이 필요하다는 생각이 듭니다. 한국 사회가 '지금' 겪는 문제 중 중요하다고 보시는 것이 또 있는지 궁금합니다.

신광영　삶에 직접적으로 영향을 미치는 것이 일입니다. 일에 관한 변화와 가족에 관한 변화를 한국 사회가 지금 겪고 있는 문제로 꼽을 수 있습니다.

　먼저, 일과 관련된 변화는 산업과 직업의 변화뿐만 아니라 고용 방식의 변화를 포함합니다. 한국은 지금 제조업의 약화와 서비스업의 증대가 특징인 '후기산업사회'로 가는 중입니다. 그 결과, 직업도 생산직보다는 사무직과 서비스직이 늘고 있으며 고용 형태는 비정규직이 증가했습니다. 일과 관련된 이런 변화는 만혼, 출산율 저하, 가족 해체 등 가족에 관한 변화로 연결됩니다. 먹고살기 힘들어서 결혼을 미루거나 안 하니까 출산율이 떨어지고, 먹고살기 힘들어서 부부가 다투다 보니 가족이 해체되는 것입니다.

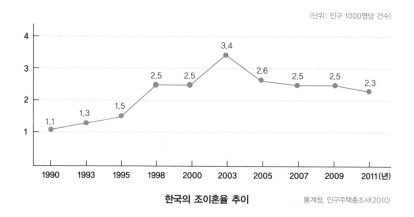

(단위: 인구 1000명당 건수)

한국의 조이혼율 추이　통계청, 인구주택총조사(2010)

통계자료들은 우리 사회의 급속한 변화를 확실히 보여 줍니다.

외환 위기 이후 이혼율이 1990년대 초반의 이혼율에 비해 세 배 정도 증가해, 2003년에는 경제협력개발기구OECD에서 두 번째로 이혼율이 높은 나라가 됩니다. 이혼을 부정적으로 보던 유교적 규범을 생각하면, 이런 변화는 혁명적이라고 할 수 있습니다.

(단위: %)

	1인	2인	3인	4인	5인 이상	평균(인)
1980	4.8	10.5	14.5	20.3	49.9	4.55
1985	6.9	12.3	16.5	25.3	39.0	4.09
1990	9.0	13.8	19.1	29.5	28.7	3.71
1995	12.7	16.9	20.3	31.7	18.4	3.34
2000	15.5	19.1	20.9	31.1	13.4	3.22
2005	20.0	22.2	20.9	27.0	10.0	2.90
2010	23.9	24.3	21.3	22.5	8.1	2.70

가구 구성의 변화   통계청, 인구주택총조사(2010)

게다가 이혼율 증가는 조부모와 손주로 구성된 조손 가구와 1인 가구의 증가를 낳아서 빈곤층 확대로 이어집니다. 1980년에 4.8퍼센트에 불과하던 1인 가구의 비율이 2010년에는 23.9퍼센트로 높아졌습니다. 네 가구당 한 가구가 1인 가구라는 것을 의미합니다.

이런 변화들은 모두 계급 불평등을 심화하는 결과를 가져왔습니다.

외환 위기로 시작된 최근 10여 년의 변화는 정부 정책이 추동했습니다. 외환 위기 전까지 기업이 국가의 지원이나 특혜 같은 시장 밖의 정치적 결정에 따라 발전했기 때문에, 큰 기업은 망하지 않는다는 뜻에서 '대마불사'라는 말을 썼습니다. 큰 기업이 망하면 사회경제적으로 많은 문제가 발생하기 때문에, 국가가 그 기업을 지원해 정상화하는 것이 외환 위기 전의 관행이었습니다. 그래서 관치금융, 정경유착, 관세를 통한 국내시장 보호 등이 당시 한국 경제의 특징입니다.

그런데 경제성장기에 형성된 정부와 기업의 유착 관계를 깨뜨리고 금융의 독립적인 기능을 활성화하기 위한 개혁으로 모든 것을 시장에 맡기는 신자유주의를 택했습니다. 국가의 경제 개입을 전면적으로 반대하는 극단적 시장주의가 외환 위기 이후 한국 경제정책의 원리로 등장한 것입니다. 대량 실업을 초래한 대규모 구조조정과 비정규직을 급증시킨 노동시장 유연화 등은 이런 정책 변화의 결과였습니다. 이것이 연쇄적으로 저출산 추세를 강화하고 가족을 해체하고 근로 빈곤층을 만들어 내면서 사회 양극화를 초래했습니다. 또한 고령화에 따른 노인 인구의 증가 추세에 역행해, 개별 기업에서 조기퇴직과 명예퇴직이 늘어났습니다. 이렇게 준비 안 된 노후를 맞는 인구가 급증하면서 노인 빈곤이 심각한 수준입니다.

이것이 복지에 대한 시민사회의 요구와 정치권의 논의가 등장하게 된 배경입니다. 시장에 맡겨서는 해결할 수 없는 사회문제가 심각한 수준에 이르렀기 때문에, 정부의 복지 정책을 통한 해결을 시민사회가 요구하기 시작한 것입니다. 그리고 2012년에는 거스를 수 없는 시대적 요구가 되어, 정치권이 여러 방식으로 복지 정책을 제시하게 됐습니다.

우리가 타산지석으로 삼을 만한 일본의 경우, 저출산과 고령화가

지속되는 상황에 제대로 대응하지 못해 장기 불황을 겪고 있습니다. 복지가 제대로 구비되지 않았기 때문에 사람들이 저축으로 노년기를 준비하고 소비는 하지 않게 됐습니다. 내수가 위축되니 경제가 더 나빠졌습니다. 경제가 불황에 빠지면서 기업들이 신규 채용을 줄여, 청년 실업이 만성화되었습니다. 프리free와 아르바이터arbeiter를 합해 '프리타'라고 불리는 비정규직 고용이 확산되면서, 근로 빈곤층이 증가했습니다. 경제적으로 여유 있는 노인은 소비를 하지 않고, 청년들은 소비할 여유가 없어졌습니다. 한마디로 국가가 고도성장기에 미래를 대비하는 정책을 제대로 구비하지 못해 개인이 노후를 스스로 준비하게 되면서 불황이 오히려 더 심해졌습니다.

이렇게 사회문제를 총체적으로 이해한다면 해결의 실마리를 찾는 데 분명히 도움이 됩니다.

질문　선생님께서 말씀하신 것처럼 장기적이고 거시적인 안목으로 우리 사회의 문제점을 진단하고, 적절한 해법을 찾아야 할 것 같습니다. 그런데 많은 사람들이 기존 가치관을 기준으로 사회문제를 바라봅니다. 새롭게 등장하는 사회문제는 결국 새로운 시각으로 해법을 찾아야겠지요?

신광영　네, 그렇습니다. 저는 우리나라 교육이 '성찰적인 시민'을 육성하는 데 중점을 둘 필요가 있다고 생각합니다. 자기 생각이 틀릴 수 있고 결함이 있을 수 있다는 것을 인정하고 자기 생각을 발전시키려고 하는 자세를 가르쳐야 합니다. 우리 사회를 보면 그야말로 대화가 불가능한 사람들이 적지 않습니다. 이것은 한국 사회의 수준이 높아지지 못하는 중요한 이유가 됩니다. '성찰'은 항상 자기 자신의 생각과 태도에 관해서도 질문할 수 있고, 다른 사람의 말에 열린 태도를 갖는 것입니다. 이런 태도는 보수든 진보든 모두에게 필요합니다. 성향이 진보적이라는 분들도 자기 생각만 고수하고 다른 사람들을 비판하는 경우가 많은데, 이것은 반성해야 할 과제입니다.

질문　앞에서 사회학이 사회학적 상상력을 강조한다고 하셨는데, 그것을 키우는 방법과 그것을 키워서 좋은 점을 간단히 설명해 주십시오.

신광영　사회학은 변하고 있는 사회를 대상화해 분석하고, 사회현상의 근저에 놓인 인과관계를 과학적으로 파악하려고 하는 학문입니다. 사회학적 상상력은 관계없는 것처럼 보이는 사회현상들의 관계를 찾아내고 전체적인 맥락 속에서 그 현상들을 이해하려고 하는 것이기 때문에 꼭 필요합니다.

　한국 사회는 20세기 후반부터 계속 급격하게 변하고 있고, 이런 변화는 총체적 관점에서 이해해야만 그 전모를 파악할 수 있습니다. 예를 들어, 개인의 일상적인 소비가 대수롭지 않게 보여도 세계화라는 전 지구적 문제를 드러냅니다. 우리 식탁에 오르는 곡식과 채소의 상당 부분이 중국에서 들어오고, 와인은 칠레·프랑스·이탈리아·미국 등지에서 들어오며, 고기는 미국·캐나다·오스트레일리아 등지에서 들어오고 있습니다. 우리가 쓰는 스마트폰에는 10여 개국에서 만든 부품들이 있습니다. 우리가 알든 모르든 우리 삶은 이미 세계경제와 연결되어 있는 것입니다.

많은 것이 서로 연결되어 있음을 이해하는 것은 개인과 사회를 이해하는 데 핵심이 됩니다. 개인의 고통이나 운명이 사회적 산물이라는 점도 이해해야 합니다. 그래야 사회적 수준에서 문제의 해결책을 찾을 수 있습니다. 실업과 빈곤이 개인의 문제가 아니라 정책의 결과라는 점과 개인들의 행동이 그들을 그렇게 행동하게 하는 제도와 사회적 압력의 결과라는 것을 알아야 합니다.

사회학은 익숙한 것과 '거리 두기'를 통해 연구하려고 하는 분야를 대상화하고 설명하는 데서 출발합니다. 당연하게 여기는 것들에 대해 "왜?"라고 묻는 데서 출발한다는 것입니다. 사실 이것은 물고기가 물속에 살면서 왜 물속에 사는지 스스로 묻는 것과 같습니다. 어려운 일입니다. 그러나 그렇게 해야만 물고기라는 존재를 잘 이해할 수 있습니다. 사회현상에 대해 질문하는 순간, 우리는 사회에 대한 새로운 인식에 다다를 계기를 갖게 됩니다.

질문　마지막으로, 사회학에 관심 있는 사람들에게 추천하시고 싶은 책이 있으면 소개해 주십시오.

신광영　고전 중에서 밀즈Charles Wright Mills의 《사회학적 상상력The Sociological Imagination》을 추천합니다. 이 책은 사회학적인 사고가 어떻게 개인의 삶을 풍요롭게 만들고, 사회현상에 대한 이해를 돕는지에 대해 잘 설명한 것으로 정평이 나 있습니다. 밀즈는 사회학을 공부하는 사람이라면 어떤 사람의 일생을 역사와 사회 속에서 읽어 내기 위해 부단히 사회학적 상상력을 발휘해야 한다고 주장했습니다. 이 책에 사회학적 상상력을 발휘하는 방법이 구체적으로 잘 정리됐기 때문에, 사회학에 관심 있는 분들에게 꼭 권하고 싶습니다.

또 제가 쓴 책 중에《불안사회 대한민국, 복지가 해답인가》가 있습니다. 통계자료를 써서 한국 사회의 문제를 보여 주기 때문에 오늘 우리가 당면한 문제를 객관적으로 이해하는 데 도움이 될 겁니다.

경세제민의 길을
고민하는

경제학

Economics

이정우

서울대 경제학과와 같은 대학 대학원을 졸업하고 미국 하버드대에서 경제학 박사 학위를 받았
다. 1977년부터 경북대 경제통상학부 교수로 있으며 참여정부의 대통령정책실장, 정책기획위
원장을 역임했다.

대담—최병택(공주교육대학교 초등사회과교육과 교수)

interview

질문   경제학의 매력은 무엇입니까? 어떤 매력 때문에 경제학을 연구하게
되셨는지 궁금합니다.

이정우   제가 초등학교 때부터 고등학교 2학년 때까지는 판사를 지망
했습니다. 선생님께서 장래 희망을 적어 내라고 하시면 항상 '판사'라
고 적었습니다. 법대를 가고 싶었던 것이지요. 그런데 고등학교 2학
년 때 일반사회 수업 시간에 선생님께서 칠판에 '경세제민經世濟民'이
라고 크게 적으셨어요. 그리고 그 단어의 뜻을 설명해 주시는 거예요.
'경세제민'의 뜻은 세상을 다스리고 가난한 백성을 구제한다는 것 아
닙니까? 그런데 선생님께서 그것이 바로 '경제'라고 하셨습니다. 나
라의 살림살이를 돕고 어려운 사람들을 구제하는 공부가 경제학이라
는 것입니다.

저는 그 말을 듣는 순간에 경제학이라는 학문에 완전히 매료되었습니다. 경제학이 그런 학문이라면 꼭 공부해 봐야겠다는 생각이 들었습니다. 그래서 법대로 진학한다는 계획을 헌신짝처럼 버리고 바로 경제학과를 지망하게 됐습니다. 그 수업 시간에 선생님께서 설명해 주신 '경세제민'의 의미에 제 인생이 바뀐 것입니다. 제 삶을 돌아보면 선생님의 가르침이 제게 정말 중요한 전환점을 주었습니다. 선생님의 구실이 중요하다는 말이 아마 그래서 나오지 않았나 싶습니다. 수업 시간에 들은 설명에 제 인생이 바뀌었으니까요.

질문 선생님께서 대학에 진학하실 때는 우리 현대사가 크게 요동친 것으로 알고 있는데, 어땠습니까?

이정우 제가 1968년에 대학에 입학했습니다. 다음 해인 1969년에 박정희朴正熙 정부의 '3선 개헌'이 있었습니다. 그해 9월 14일에 국회에서 대통령 3선을 허용하는 개헌안이 변칙으로 통과되었는데, 당시 저는 이에 상당히 분개했습니다. 제 주위의 많은 학생들도 크게 자극받았습니다. 정의로운 정치가 어떤 모습이어야 하는가를 두고 여러 가지 고민을 하기도 했습니다. 어떤 학생들은 시위를 많이 벌였지만 저는 그렇게 열심히 참가하는 학생은 아니었습니다. 그래도 상식이 통하는 사회를 만들어야 한다는 생각에는 공감하고 있었습니다.

질문 그런데 우리나라 경제학 연구자들의 시각은 그때부터 지금까지 크게 변화가 없었습니까? 혹시 시장과 자유경쟁을 중시하는 '시장 만능주의'적 시각

석학이 대학생에게 들려주는 지식의 풍경

이 그때부터 경제학 연구를 크게 규정한 것은 아닐까요?

이정우   당시 시장 만능주의가 주류를 이루지는 않았습니다. 1997년
외환 위기 직후부터 시장 만능주의의 영향력이 크게 늘었다고 볼 수
있겠습니다. 그 전에는 케인스주의나 후진국 개발 이론 같은 것이 꽤
인기를 끌고 있었습니다. 저를 가르쳐 주신 대학 은사들도 대개 케인
스주의에 관심을 두시거나 후진국의 발전 문제를 강조하는 학풍을 보
이셨습니다. 그런데 1990년대 후반부터 시장 만능주의적 시각이 크게
대두하는 흐름으로 변화를 겪은 것입니다.

질문   서양에서 경제를 뜻하는 말의 유래를 설명해 주시겠습니까? 경세제
민과는 다른 뜻이 있어서 경제에 대한 이해의 폭을 넓힐 수 있을 것 같습니다.

이정우   경제를 뜻하는 영어 단어 '이코노미economy'는 매일 언론을
통해 우리의 눈과 귀를 사로잡는 중요한 일상용어입니다. 이 말의 유
래를 찾자면 먼 옛날로 거슬러 가지 않으면 안 됩니다. 이 말은 고대
그리스어인 '오이코스노모스oikosnomos'에서 나왔다고 합니다. '오이
코스'는 '가계', '노모스'는 '관리'를 뜻합니다. 즉 집안 살림을 관리하
는 것에서 경제가 생겼습니다. 그런데 나중에 '경제'라는 단어의 의미
가 넓어져서 가계뿐만 아니라 기업, 정부, 외국과의 교역까지 망라하
게 됐습니다.
    경제학은 우리의 일상생활을 연구 주제로 하고 있어서 우리가 살아
가는 데 중요한 분야이고, 누구나 돈을 많이 벌고 싶어 하기 때문에

경제학에 관심 있는 사람도 많습니다. 정부 정책 중에서도 경제정책의 범위와 중요성은 대단히 커서, 정부 부처 중 과반수가 경제와 관련되어 있다고 해도 과언이 아닙니다. 경제학은 정치와도 밀접한 관련이 있습니다. 국회의원을 뽑는 총선이나 대통령 선거에서도 가장 첨예한 쟁점은 주로 경제문제인 경우가 많지 않습니까?

경제학이 이렇게 대단히 중요한 문제를 다루는 학문이라서, 학생들이 경제학을 공부해 두면 살아가는 데 여러모로 도움이 될 것입니다. 세상을 보는 넓은 눈을 기르는 데 경제학만 한 학문이 없습니다. 세계적 유명 인사 중에도 대학 시절에 경제학을 공부한 사람이 의외로 많습니다. 미국의 레이건Ronald Reagan 전 대통령, 골프 황제 우즈Tiger Woods, 유엔 사무총장을 지낸 아난Kofi Atta Annan, 록의 황제로 군림했던 그룹 롤링 스톤스의 보컬 재거Mick Jagger 등이 모두 대학에서 경제학을 공부했다는 사실이 흥미롭지 않습니까?

질문   선생님 덕분에 경제에 대해 새로운 사실을 알았습니다. 그런데 '경제'와 '경제학'은 의미가 약간 다를 듯합니다. '경제학'은 어떤 학문입니까?

이정우   "경제학은 어떤 학문인가?"라는 질문의 답은 상당히 많을 수 있습니다. 경제학의 정의가 스무 가지도 넘는다는 사람도 있습니다. 정의가 워낙 많다 보니, '경제학은 경제학자가 하는 것Economics is what economists do'이라는 정의까지 있습니다. 이것이 동의어 반복에 불과한 말장난처럼 들리지만, 실은 나름대로 의미가 있습니다. 경제학의 정의가 너무 많아서 경제학을 확실히 정의하기가 어렵고, 과거에는 경제학이 아니라고 생각한 교육·의료·환경·스포츠·범죄·결혼·이혼에까지도 경제학이라는 말을 갖다 붙이기만 하면 경제학이 된다는 뜻도 담은 것입니다. 실제로 요즘 경제학 분야 중에는 교육경제학, 의료경제학, 범죄경제학, 가족경제학 등 특이한 것들이 있고 분야마다 전문가가 존재합니다.

이렇게 복잡다기한 경제학의 정의 중에서 가장 표준적인 것은 역시 1934년에 영국 경제학자 로빈스Lionel Robbins가 내린 정의일 것입니다. 그는 인간의 욕망은 무한한데 그것을 충족시켜 줄 자원은 유한하다는 사실에 착안해 "어떻게 하면 희소한 자원을 가장 효율적으로 사용할 수 있는가?"라는 문제를 연구하는 학문이 경제학이라고 했습니다. 이 정의에 따르면 경제학의 폭은 아주 좁아져서 일종의 기술적 학문이 됩니다. 뚜렷한 목표를 달성하기 위해 최적의 조건을 따지는 수량적, 분석적 학문이 되는 것입니다. 실제로 현재 간행되는 경제 원론 중 대다수는 로빈스의 정의에서 출발하고 있으며 많은 경제학자들의 머릿속에는 로빈스의 정의가 자리 잡고 있다고 해도 지나친 말이 아닙니다.

지금 세계에서 제일 많이 읽히는 경제 원론 교과서는 미국 하버드 대학 맨큐Gregory Mankiw 교수의 책입니다. 그러나 그 이전 반세기 동안 그 자리를 지킨 것은 MIT대학의 새뮤얼슨Paul Anthony Samuelson이 쓴 경제학 교과서입니다. 새뮤얼슨은 미국인 경제학자 중 최초로 노벨 경제학상을 받았고, 그의 교과서는 오랜 세월 동안 베스트셀러 반열에 올라 있었습니다. 그는 명예와 돈을 한꺼번에 거머쥔 행운아라고 할 수 있겠습니다. 실제로 유명 경제학자들 중에서 주식 투자 같은 것을 통해 돈을 많이 번 사람은 19세기의 리카도David Ricardo와 20세기의 케인스John Maynard Keynes 정도밖에 없다고 합니다. 새뮤얼슨의 경제 원론 초기 판본에는 '행복 방정식'이란 것이 있습니다. 그 방정식은 아주 간단한 분수 형태를 띠는데, 분모에는 인간의 욕망을 놓고 분자에는 그것을 충족하기 위한 물질 혹은 자원을 놓았습니다. 그 분수의 값이 인간의 행복을 결정한다는 것입니다. 인간의 욕망은 무한한데 그것을 충족할 수 있는 자원은 유한하다는 로빈스의 정의에서 나온 방정식임을 단박에 알 수 있습니다. 여기서 행복을 증진하는 방법은 두 가지입니다. 분모인 욕심을 줄이든가 분자인 물질을 늘리는 것이지요.

그런데 행복을 추구하는 방법을 놓고 서양과 동양의 사고방식이 갈라집니다. 인간의 욕망이 무한하다고 보고 어떻게 하면 물질을 최대화하느냐를 목표로 하는 것이 서양의 경제학적 사고방식인데 반해, 동양철학의 사고방식은 물질에는 비교적 초연하고 어떻게 인간의 욕심을 줄이느냐에 관심을 갖는다고 하면 지나친 단순화일까요? 하지만 공자孔子, 맹자孟子, 노자老子와 장자莊子, 불교와 도교, 이 모든 동양 사상의 근저를 관통하는 것은 인간의 지나친 욕심을 경계하는 내용이라고 해도 과언이 아닙니다. "나물 먹고 물 마시고 팔을 괴고 누웠어도 즐거움이 그 속에 있도다.飯蔬食飲水 曲肱而枕之 樂亦在其中."라고 설파한 공자는 지나친 욕심을 버리면 행복이 찾아온다는 것을 가르쳤습니다. 공자는 3000여 명의 제자 중에서도 오직 한 사람, 안회顔回를 수제자로 꼽는 데 조금도 망설이지 않았습니다. 안회가 누항에서 고생하면서도 도를 잃지 않고 학문을 즐긴다고 칭찬했습니다. 그러나 안회는 너무 고생을 해서 그런지 일찍이 머리가 하얗게 세고 나이 서른을 넘기자 요절하고 말았으니, 그것이 과연 행복인지는 모르겠습니다.

로빈스가 정의를 내린 경제학은 다분히 기술적이고 별로 멋이 없지만, 동양의 경제학 정의는 훨씬 폭이 넓고 멋이 있습니다. 우리가 지금 쓰는 많은 말처럼 경제학이라는 말은 서양 문물이 아시아에 처음 들어오기 시작한 19세기 후반에 그것을 최초로 받아들인 일본에서 만들었습니다. 중국 고전에 있는 '경세제민'을 줄여서 '경제'라는 말이 나온 겁니다. 앞에 말한 것처럼 저는 이렇게 뜻이 고상하고 깊은 경륜이 필요한 분야라면 일생을 바쳐 공부해 볼 만한 학문이라고 생각했는데, 어떻습니까?

질문 경제학의 중심에는 역시 사람이 있는 것 같습니다. 그렇다면 경제학자는 대체로 어떤 일을 합니까?

이정우 경제학자들은 여러 분야에서 일합니다. 일단 경제학자가 되기 위해 경제학을 공부하는 사람은 대학원에 진학해서 깊은 훈련을 받아야 합니다. 정부에서 일하려면 상당한 경제학 지식이 필요합니다. 미국 정부는 각 부처에 경제학자들이 수백 명씩 일하고 있습니다. 기업과 은행에서도 경제학적 분석이 필수적인 경우가 많습니다. 시민단체, 비영리 기구의 활동에도 경제학 지식이 유용할 때가 많습니다.

경제학을 잘 모르는 사람들은, 경제학을 공부하면 돈 버는 데 도움이 될 거라고 생각하는 경향이 있습니다. 그러나 실제로 경제학은 개인이 돈을 버는 데는 크게 도움이 되지 않는 학문입니다. 물론 다른 학문 분야보다는 도움이 되겠지만, 개인이 돈을 버는 것과 경제학의 목표인 나라를 부강하게 만들고 국민을 살기 좋게 만드는 것은 차원이 다릅니다. 유명 경제학자치고 돈을 많이 번 사람이 거의 없다는 사실로도 경제학이 돈 버는 것과 무관하다는 것을 알 수 있습니다. 개인이 돈 버는 것을 배우는 데는 경제학보다 경영학이 좀 더 적합할 것입니다. 물론 경영학도 돈 버는 법을 가르치는 분야는 아니고, 어떻게 하면 기업을 잘 경영하는가를 연구하는 학문입니다.

경제학에는 여러 분야가 있습니다. 우선 미시경제학과 거시경제학이 있습니다. 미시경제학은 소비자나 기업의 행동을 연구하고, 거시경제학은 국민경제의 소득, 투자, 고용, 물가 같은 것을 분석합니다. 미시경제학이 나뭇잎이나 뿌리를 연구한다면, 거시경제학은 숲을 분석하는 것입니다. 경제학을 잘 모르는 사람들도 미시경제학, 거시경제학 정도는 들어 본 적이 있기 때문에 제게 미시경제학과 거시경제학 중 전공이 뭐냐고 묻기도 합니다. 이 두 가지가 경제학에서 중요한 기초 분야이긴 하지만, 이 밖에도 여러 분야가 있습니다. 의학에서 가장 중요한 핵심 분야인 내과, 외과 말고도 안과, 피부과, 산부인과 등 수많은 분야가 있는 것과 같습니다.

19세기 경제학은 물리학의 영향을 받았습니다. 그래서 경제학의 개념 중에 균형, 탄력성같이 물리학에서 빌려 온 것이 많습니다. 확인되지 않은 소문이지만, 아인슈타인Albert Einstein이 젊을 때 경제학에 관심이 있었는데 너무 어려울 것 같아서 물리학을 했답니다. 물리학이나 수학을 하다 경제학으로 바꾼 사람이 있는가 하면 경제학을 하다가 자연과학 쪽으로 가는 사람도 있습니다.

흔히 정치학을 사회과학의 왕, 경제학을 사회과학의 여왕이라고 합니다. 이렇게 평가받는 것은 경제학이 중요하다고 여기는 사람이 많기 때문일 것입니다. 경제학이 수학과 통계학적 연구 방법을 많이 써서 정밀하게 분석하는 것도 높이 평가받는 데 작용하지 않았나 싶습니다. 경제학은 사회과학 중에서 유일하게 노벨상을 받는 분야라서, 경제학을 하는 사람들은 대개 이 사실을 자랑스러워합니다. 상의 정확한 이름이 노벨경제과학상인 것으로 짐작할 수 있듯이, 경제학은 사회과학 중에서 가장 수량적이고 엄밀한 분석 방법을 씁니다. 그래도 자연과학과 비교한다면 경제학의 과학성과 엄밀성은 엉성한 수준이지요. 사실 경제학 연구에 수학과 통계학을 많이 쓴다고 해서 꼭 좋은 것은 아닙니다. 경제학자 마셜Alfred Marshall은 뛰어난 수학자였는데도 복잡한 수학 사용을 자제하면서 간단한 수식이나 그림으로 경제학을 설명했습니다.

질문　**경제학자의 연구 방법에 대해 자세히 설명해 주셔서 고맙습니다. 경제학도 다른 학문처럼 시기에 따라 연구 경향이 많이 변한 것으로 압니다. 연구 경향은 역시 학파 형성 과정을 통해 살펴볼 수 있을 것 같은데, 경제학의 주요 학파는 어떤 것들이 있습니까?**

이정우　경제학은 학파의 영향력이 특히 큰 분야라고 할 수 있습니다. 경제학에는 크게 두 학파가 존재합니다. 하나는 케인스주의이고, 다른 하나는 시장 만능주의입니다. 전자는 중도 진보적 의견을 대변하고, 후자는 보수적 태도를 견지합니다. 이 학파들이 만들어지고 영향력을 키운 과정을 얘기해 보겠습니다.

경제라는 말은 역사가 오래됐지만 경제학은 그리 오래된 학문이 아닙니다. 대체로 1776년에 나온 스미스Adam Smith의 《국부론The Wealth of Nations》을 경제학의 출발로 보니까, 약 250년 역사입니다. 스미스는 《국부론》에서 중세와 중상주의 시대를 통해 관행이 된 국가의 지나친 경제 개입을 타파해야 한다고 강조했습니다. 중세 정부는 경제의 모든 분야에서 시시콜콜 지시하고 간섭했기 때문에, 사람들이 하루하루 살아가기가 번거로웠고 자발적 아이디어 창출과 경제성장은 애당초 기대하기 어려웠습니다. 빵집에서 만드는 빵을 예로 들면, 그 무게는 어때야 하고 크기와 색깔은 어때야 하는지까지 일일이 정부가 간섭해 문제가 있었던 것입니다. 당시 정부의 간섭은 경제를 질식시키는 가장 큰 질곡이었습니다. 이런 배경에서 정부는 경제에서 손을 떼고 시장에 맡기라는 스미스의 주장이 나왔습니다. 정부가 손을 떼면 혼란이 올 것 같지만 시장의 힘은 위대해서 '보이지 않는 손'에 이끌려 조화의 세계로 인도된다는 것이 그의 믿음이었습니다. 이때부터 '보이지 않는 손'은 시장의 별명이 됐습니다. 당시 스미스의 경제사상은 파격이면서 시대를 앞서가는 진보적·혁명적 사상이었습니다. 정부 간섭을 정면으로 비판하고 시장의 중요성을 강조한 스미스를 시장 만능주의의 원조라고 불러도 좋습니다.

스미스의 뒤를 이어 경제학의 연구 경향을 주도한 사람은 케인스입니다. 그를 소개하려면 대공황부터 말해야 합니다. 1929년 10월에 미국 주식시장의 주가 폭락으로 시작한 대공황은 미국의 국민소득을 3

분의 2로 줄이고, 실업률을 25퍼센트로 높인 미증유의 경제적 재난이었습니다. 성인 네 명 중 한 사람이 실업자가 되었으니 문제가 여간 심각한 게 아니었습니다. 우리나라에서 1997년 외환 위기를 단군 이래 최대의 경제 위기라고 했는데, 그때 실업률이 8퍼센트였습니다. 이 사실을 돌아보면 대공황 시기에 미국 경제가 얼마나 어려웠을지 상상할 수 있을 겁니다. 사실 1930년대에는 미국뿐만 아니라 전 세계가 불황에 빠졌습니다. 그런데 이런 큰 재앙에 대해 고전학파 경제학자들은 대책다운 대책을 내놓지 못했습니다. 불황에 대한 올바른 진단이 없었으니 대책이 나올 수가 없었겠지요. 대체로 자유주의 경제 정책을 지지하는 고전학파 경제학자들은 그저 시간이 가면 해결될 것이라든가, 실업자가 많으니 임금을 인하해야 하는데 노동자들이 노조를 만들어 임금 인하를 거부하는 게 문제라고 한탄하든가, 정부가 허리띠를 졸라매고 균형재정을 해야 한다든가 하며 대책 같지 않은 대책만 내놓았습니다. 세상이 무너지는데 경제학자들은 수수방관, 속수무책이었습니다. 당시는 경제학이 무능을 드러낸 위기의 시기이자 자본주의가 위기에 봉착한 때였습니다.

이때 영국 케임브리지대학의 경제학자 케인스가 자본주의의 구원투수로 등장했습니다. 그는 유효수요가 부족해서 불황이 찾아왔다고 진단했습니다. 불황 타개책은 당연히 유효수요 증대일 수밖에 없다고 했습니다. 유효수요는 소비·투자·정부 지출로 구성되는데, 불황기에는 사람들이 구매력이 없으니 소비 증가를 기대할 수 없습니다. 물건이 안 팔리고 재고가 쌓이는 불황기에 기업이 투자할 리도 없습니다. 그러니 정부가 적극적으로 지출을 늘릴 수밖에 없다는 것이 그의 주장이었습니다. 고전학파 경제학자들의 주장과 정반대였습니다. 이런 점에서 케인스의 사고방식은 혁명적이었습니다. 심지어 케인스는 불황기에는 땅에 돈을 묻어 놓고 그것을 사람들이 캐내 가도록 하는 등 엉뚱한 정책도 정책을 전혀 내놓지 않는 것보다는 낫다고 말했습니다.

고전학파 경제학자들은 대공황을 일시적 교란으로 보고, 장기적으로는 시장 메커니즘이 작동해서 다 해결될 것이라는 낙관적 전망을 내놓았습니다. 이에 대해 케인스는 "장기적으로는 우리가 다 죽고 없다.In the long run, we are all dead."라는 명언을 남겼습니다. 시장 메커니즘에 대한 신뢰, 시장에서 수요와 공급의 힘이 작용해서 모든 문제를 해결하리라는 믿음이 케인스 앞의 고전학파 경제학자가 지킨 금과옥조였습니다. 이것이 대공황이라는 재앙 앞에서 여지없이 무너진 것입니다. 대공황에 속수무책이던 고전학파 경제학은 위신이 추락했고, 그 대신 케인스 경제학이 시대의 총아로 등장한 것은 불문가지의 결과였습니다. 이렇게 경제학의 패러다임이 근본적으로 바뀐 것을 '케인스 혁명'이라고 부릅니다. 제2차세계대전 이후 경제학의 주류는 케인스 경제학이었습니다. 경제를 시장에만 맡기지 않고 정부가 해결한다는 사고방식, 이것이 케인스주의의 핵심입니다.

질문　케인스 학파의 주장이 실제 정책에 적용되었을 텐데, 그것이 얼마나 성과를 거두었는지 알고 싶습니다. 케인스 학파가 등장한 이후의 동향도 설명해 주십시오.

영국 케임브리지대학의 마셜이 있습니다. 그는 케임브리지대학 교수로 취임하는 강연에서 경제학도가 가져야 할 자세로 차가운 두뇌와 따뜻한 마음을 함께 꼽았습니다. 마셜은 진보적 경제학자와는 거리가 멀었고, 정확히 말하자면 자본주의 체제의 유지를 바라는 보수적 경제학자였습니다. 그런데도 경제학도가 지녀야 할 덕목으로 약자의 곤궁을 동정하는 따뜻한 마음씨를 요구한 것입니다.

이정우　케인스 경제학은 1930년대 대공황 시기에 출현한 이래 각국 경제정책의 주류를 형성하게 됩니다. 케인스주의가 주창하는 유효수효 창출 정책을 채용한 것은 대공황 극복에 상당히 도움이 되었습니다. 제2차세계대전이 끝난 뒤 30년간 자본주의 경제는 케인스 정책에 힘입어 안정 속에 고성장을 달성했습니다. 이 시기를 '자본주의 황금기'라고 합니다. 이 시기는 복지국가의 전성기이기도 합니다. 복지국가가 서민·중산층의 유효수요를 진작하고, 유효수요가 생산을 자극해 일자리를 만드는 경제의 선순환이 성립한 시기입니다. 자본주의의 300년 역사를 통틀어 이때만큼 경제 안정, 경제성장이 순조롭던 시기는 아마 없을 겁니다.

　그러나 자본주의 황금기도 그렇게 오래가진 않았고, 언제까지나 승승장구할 것 같던 케인스 경제학도 1970년대 중반에는 위기를 만났습니다. 당시 중동전쟁을 배경으로 발생한 두 차례의 석유파동 때문에 유가가 천정부지로 폭등했고, 세계경제에 인플레이션과 불황이 동시에 일어나는 스태그플레이션이 일어났습니다. 이런 현상은 케인스 경제학으로도 해결하기 어려운 문제였습니다. 인플레이션이라면 유효수요 과잉이 원인이니 유효수요를 줄이는 긴축정책을 쓰면 되고, 불황은 유효수요 부족에서 오는 것이니 팽창정책을 쓰면 됩니다. 그런데 두 가지 상반된 현상이 동시에 일어나니 참으로 혼란스럽고 대책이 막연한 것입니다. 게다가 1970년대에는 세계 각국의 재정적자가 심각해져서 케인스적 처방에 의문이 제기되었고, 정부의 지나친 규제와 개입으로 기업 활동이 위축되었다는 불만도 터져 나왔습니다. 이래저래 케인스 경제학이 위기를 맞이한 시기입니다.

이때 케인스 경제학에 반기를 드는 '신고전학파 경제학'이 등장합니다. 정부의 개입을 싫어하고 시장을 금과옥조로 보는 하이에크Fridrich Hayek의 등장, 프리드먼Milton Friedman을 대표로 하는 시카고학파의 성장, 합리적 기대 가설의 등장이 모두 이 시기의 일입니다. 이런 경향을 뭉뚱그려 '케인스 반혁명'이라고 합니다. 이 반혁명은 학계만이 아니라 정치 분야에서도 뚜렷하게 대두합니다. 1980년 미국 대통령 선거에서 레이건이 승리한 것과 1979년 영국 총선에서 대처Margaret Hilda Thatcher가 이끈 보수당이 승리한 것도 이런 경향을 보여주는 중요한 사건이었습니다. 이때부터 영국과 미국에서는 보수적 정책이 구체적으로 실행되어 반혁명이 정점에 도달했습니다.

그 뒤 20~30년 동안은 세상이 케인스주의의 정반대편으로 갔습니다. 시장 만능주의가 세상을 지배했다고 해도 지나친 말이 아닙니다. 이 시대의 정신은 시장 숭배, 경쟁지상주의, 세계화, 민영화, 규제 완화, 작은 정부 등이었습니다. 시장 만능주의의 교리를 가르치는 메카가 미국 시카고대학이라서, 이런 생각을 가진 경제학자들을 넓은 의미의 시카고학파로 분류합니다. 이 시카고학파가 최근 경제학계를 주름잡았다고 할 수 있습니다. 지금까지 노벨경제학상을 수상한 사람 60여 명 중 3분의 2는 시카고학파에 속했습니다.

미국 정부는 민주당이 집권하면 대체로 케인스주의 쪽 경제학자를 대통령 경제자문위원장으로 기용하고, 반대로 공화당이 집권하면 시장 만능주의 쪽 경제학자를 기용하는 전통이 있습니다. 미국 경제학계에서 케인스주의의 수장 격이 MIT의 새뮤얼슨이고, 시장 만능주의의 수장 격이 시카고대학의 프리드먼입니다. 그리고 이 두 사람은 각

각 민주당과 공화당의 대통령이나 대통령 후보를 위해 자문 역을 맡은 적이 있습니다. 한국에서는 교수가 정치에 관여하면 폴리페서라는 영어 별명을 붙여 조롱하고 경원하는 경향이 있는데, 미국에서는 학자가 정부에 들어가서 일하는 것을 당연시하고 오히려 높이 평가하는 경향이 있습니다.

질문　**최근 경제학의 흐름은 어떻습니까?**

이정우　경제학의 주류를 담당하던 시장 만능주의도 2008년 미국의 금융 위기를 계기로 급격히 내리막길에 접어들었습니다. 월 가의 투자은행 리먼브라더스의 파산으로 촉발된 금융 위기의 여파로 세계경제가 아직도 깊은 불황에 신음하고 있고, 특히 아이슬란드·아일랜드·그리스·스페인·이탈리아 등은 심각한 경제 위기에 빠져 있습니다. 위기가 시작된 지 5년이 지난 지금까지도 불황의 구름은 걷힐 기색이 보이지 않고 있습니다. 이렇게 된 원인이 근본적으로 월 가에 대한 미국 정부의 지나친 규제 완화에 있다는 사실이 알려지면서 지금까지 금과옥조로 여겨지던 규제 완화, 작은 정부, 시장 만능의 사상이 그 뿌리에서부터 비판을 받고 흔들리는 것입니다.

　이제 역사의 시계는 다시 반대 방향으로 크게 회전하고 있습니다. 그동안 시장 만능주의의 위세에 눌려 할 말도 제대로 못한 사람들이 '1퍼센트 대 99퍼센트의 사회'라는 표어를 내걸고 잘못된 경제정책에 항의하고 있으며, 우리가 잘 알다시피 금융계의 탐욕을 질타하며 "월 가를 점령하라"라는 운동도 벌어졌습니다. 이렇게 분위기가 바뀌다 보니 고전학파 경제학에 대한 비판도 거세지고 있습니다.

맨큐 교수는 부시 행정부 때 대통령 경제자문위원장으로 직접 정책 결정에 관여했기 때문에 2008년 금융 위기에 상당한 책임이 있습니다. 그는 진보적 학풍으로 유명한 하버드대학에 자리 잡았지만 시카고학파에 상당히 가까운 보수적 사고방식을 갖고 있습니다. 2011년 11월에 맨큐의 경제학 강의를 듣던 하버드대학 학생들이 그를 정면으로 비판하면서 수업을 거부하고 월 가 규탄 시위에 나선 사건은 한때의 해프닝이라도 자못 의미심장한 면이 있습니다.

지금은, 경제학의 정통적 패러다임은 상당 부분 설명력을 상실했는데 그것을 대체할 만한 새 이론 체계는 아직 나오지 않은 과도기라고 볼 수 있을 것 같습니다. 수세기 동안의 자연과학 발전을 관찰한 과학사가 쿤Thomas Kuhn의 과학혁명 가설에 따르면, 기존의 정통적 패러다임은 현실에 대한 설명력이 떨어져 무능함이 여지없이 드러나고 아무리 위기에 빠져도 그것을 대체할 만한 새로운 지배적 패러다임이 등장하기 전에는 결코 사라지지 않는다고 합니다. 아마 오늘 경제학의 상황이 그런 것 같습니다.

질문   경제학의 세계적 연구 경향을 말씀해 주셨는데, 우리나라 경제학도 그런 흐름과 크게 다르지 않은 모습을 보이고 있습니까?

이정우   한국 경제학은 1997년 외환 위기 이후 크게 달라졌습니다. 당시 우리나라는 사실상 시장 만능주의만 받아들여 자본시장을 거의 무방비 상태로 개방했는데, 이것이 외환 위기의 원인이었다고 할 수 있습니다. 외환 위기 이후 미국과 국제통화기금IMF은 한국 정부가 지나치게 경제에 개입했기 때문에 문제가 발생했다면서 모든 것을 시장에 맡기라고 주문했습니다. 한마디로 케인스주의를 버리고 시장 만능주의를 받아들이라는 요구였습니다. 이때 우리 정부는 보유 외환이 바닥난 상황이어서 어쩔 수 없이 그 요구를 받아들여야 했습니다. 그러다 보니 시장 만능주의가 우세한 상황이 연출되었습니다. 우리나라에는 미국에서 시카고학파의 영향을 받으며 공부하고 온 사람들이 많습니다. 현재 그 연구자들을 중심으로 시장 만능주의적 관점이 우세를 점하는 모양새를 보이고 있습니다. 문제는 우리나라의 경우 외국과 같이 다양한 관점들이 균형을 이루고 있지 못한 채 한 가지 관점이 주로 영향력을 행사하고 있다는 점입니다. 앞에서 말했듯이 미국에서는 케인스주의와 시장 만능주의가 대체로 균형을 이루고, 민주당과 공화당 중 어느 쪽이 집권하는가에 따라 경제정책 기조가 달라집니다. 그러나 우리나라에서는 케인스주의의 힘이 약해 사회적으로 영향력을 발휘하지 못하고 있습니다. 최근 15년 동안 한국 경제학계는 단연 시장 만능주의가 우위에 있습니다. 양자의 균형을 유지하는 것은 대단히 중요한 과제입니다.

한국 경제학의 주요 흐름이라고 할 수 있는 또 다른 것은 성장 지상주의입니다. 이 이념은 시장 만능주의보다 역사가 더 깁니다. 1960년대 초 우리 정부는 경제개발을 국가의 최고 목표로 정하고 모든 국력을 쏟아부었습니다. 그런데 이 과정에서 환경, 분배 등 중요한 가치가 제대로 조명되지 못했다는 것이 문제입니다. 성장은 중요하고 바람직한 가치입니다. 그렇지만 성장과 더불어 분배, 복지도 중요합니다. 아무리 생산이 많이 되고 경제가 확장해도 국민들 사이에 소득이 고루 분배되지 못해 물건이 팔리지 않고 쌓인다면 경제가 불안해지고 성장도 불가능해집니다. 성장과 분배, 복지는 동전의 양면처럼 동행하는 관계로 보는 게 옳습니다. 그러나 한국에서는 성장만이 강조되고, 분배나 복지를 이야기하면 별로 환영받지 못하는 분위기가 있습니다. 이 문제는 반드시 해결해야 한다고 봅니다.

우리나라의 저출산 현상은 세계에서 유례를 찾기 어렵고, 고령화 속도도 빨라서 이대로 가면 고령사회가 될 공산이 큽니다. 이런 상황에서는 복지에 대한 인식을 근본적으로 바꾸지 않으면 안 됩니다. 성장과 분배, 성장과 복지는 상충 관계가 아니고 동행, 보완 관계라는 보편적 인식이 받아들여지지 않고는 성장 자체가 어려운 단계에 와 있는 것입니다.

질문 우리나라는 성장과 복지의 균형을 좀처럼 찾지 못하는 나라라는 말이 있습니다. 우리나라 복지 정책의 수준은 어느 정도입니까?

이정우 국내총생산GDP 중에서 복지 지출의 비율이라는 통계를 보면 우리는 10퍼센트 정도밖에 안 되는데, 우리나라와 소득 수준이 비슷한 나라들 중 이렇게 낮은 나라가 없습니다. 유럽은 약 30퍼센트 정도이고, 미국이나 일본은 20퍼센트에 육박합니다. 우리나라는 예전에 2퍼센트 정도였다가 2000년대 이후 조금씩 올라갔지만 아직도 부족한 수준입니다. 2009년 기준으로 OECD 회원국의 평균은 22.7퍼센트나 됩니다.

한편 최근 늘어난 복지 지출 중 가장 큰 부분은 보육입니다. 그 뒤로 노인장기요양 관련 지출이 많고, 의료도 제법 큰 부분을 차지하고 있습니다. 어떤 사람들은 복지 정책을 이야기하면 포퓰리즘이라고 문제시하는데, 선진국 클럽인 OECD에서도 복지의 확대가 필요하다고 조언할 만큼 우리나라의 복지 정책은 미흡합니다.

복지 정책을 강화하면 오히려 성장률이 올라간다는 분석이 있고, 성장 지상주의에 빠지는 것이 오히려 성장에 장해가 되기도 합니다. 복지와 성장에 대한 올바른 인식이 필요합니다.

질문 경제학을 공부하는 사람은 겸허하게 여러 의견을 받아들여 균형을 유지할 줄 알아야 할 것 같습니다. 경제학을 공부하는 사람에게 바람직한 자세가 있다면 어떤 것입니까?

이정우 세상에 큰 영향을 준 경제학자들을 소개하면 답이 될 것 같습니다. 먼저 영국 케임브리지대학의 마셜이 있습니다. 그는 케임브리지대학 교수로 취임하는 강연에서 경제학도가 가져야 할 자세로 차가운 두뇌와 따뜻한 마음을 함께 꼽았습니다. 마셜은 진보적 경제학자와는 거리가 멀었고, 정확히 말하자면 자본주의 체제의 유지를 바라는 보수적 경제학자였습니다. 그런데도 경제학도가 지녀야 할 덕목으로 약자의 곤궁을 동정하는 따뜻한 마음씨를 요구한 것입니다. 그의 강연 이후 차가운 두뇌와 따뜻한 마음은 모든 경제학도의 머릿속에 깊이 자리 잡은 경구가 되었습니다.

마셜의 뒤를 이어 케임브리지대학 경제학 교수 자리를 차지한 이는 피구Arthur Cecil Pigou라는 경제학자입니다. 그도 마셜처럼 보수적 철학을 가졌는데, 그의 교수 취임 강연도 학생들에게 깊은 감명을 주었습니다. 그는 "오늘 이 자리에 온 학생들이 경제학을 배우려는 목적이 여러 가지겠지만, 만일 런던 동부 지역을 지나면서 빈민들의 참상을 목격하고 그들의 고통을 덜기 위해 경제학을 공부하는 학생이 있다면 그것이 경제학을 배우는 가장 훌륭한 자세다."라고 말했습니다. 마셜과 피구의 강연은 경제학을 배우는 사람에게 지금도 좋은 길잡이가 되고 있습니다.

마셜의 수제자가 바로 케인스인데, 그는 상아탑에 안주하는 사람이 아니라 현실 문제에 관심이 많았습니다. 주식 투자로 돈을 버는가 하면 문화 예술계 인사들과 자주 만나 교류하는 만능인이었습니다. 케인스가 경제학 교수가 됐다면 경제학계의 판도가 많이 달라졌을 것입니다. 그가 1930년대 대공황 상황을 전혀 설명하지 못하는 고전학파 이론에 대해 통렬히 비판하면서 새로운 이론을 내놓았다고 앞에서 말씀드렸습니다. 사실 당시 고전학파 이론의 대표적 학자가 피구입니다. 상아탑의 경제학자들은 기존 이론에 깊이 경도돼 그 굴레를 벗어나지 못하는 한계를 보일 때가 많습니다. 현실은 크게 변했는데 오래전에 나온 이론이 머릿속을 지배하고 있는 것입니다.

케인스의 진가는 여러 차례 증명됐습니다. 그가 대공황 시기인 1936년에 《고용, 이자 및 화폐의 일반 이론The General Theory of Employment, Interest and Money》을 펴내 대공황을 최초로 체계적으로 설명하고 대책도 수립할 수 있게 한 것은 20세기 경제학 최고의 업적이라고 할 수 있습니다. 그래서 그의 이론에 혁명이라는 수식어가 붙고, 그는 거시경제학의 창시자로서 이름을 남겼습니다.

케인스는 이 밖에도 두 차례 정도 상당한 통찰력을 보였습니다. 첫 번째는 제1차세계대전이 끝난 뒤 파리에서 맺은 평화조약에 관한 것입니다. 당시 여론은 전쟁을 일으킨 독일에 대해 다시는 전쟁을 일으키지 못하도록 엄한 벌을 줘야 하며, 무거운 전쟁 배상금을 물려야 한다는 쪽으로 흘러갔습니다. 이것이 당시 사람들의 감정에 맞는 여론이었는데, 케인스는 그런 조처의 부작용을 우려해 가벼운 배상금을 물리는 것이 옳다고 주장했습니다. 케인스의 의견은 채택되지 않고 무거운 배상금으로 결론이 났는데, 이것이 결국 대단히 나쁜 결과를 가져왔습니다. 독일이 배상금을 내기 위해 마구잡이로 돈을 찍었고, 이것이 1920년대 초에 상상을 초월하는 초인플레이션을 불러일으킨 것입니다. 그리고 이런 경제 혼란 속에서 야금야금 성장한 자가 히틀러Adolf Hitler입니다. 패전으로 자존심이 상한 독일 국민들이 히틀러의 감언이설에 넘어가 그를 총통으로 선출했고, 이것이 제2차세계대전이라는 재앙으로 이어졌습니다. 역사에 가정이 없다지만, 만약 케인스의 의견이 채택됐다면 히틀러의 발호도 없고 전쟁도 없지 않았을까 하고 상상하게 됩니다.

케인스의 통찰력은 제2차세계대전이 끝날 무렵인 1944년 미국 브레튼우즈에서 협정을 체결할 때 다시 돋보였습니다. 이 협정은 연합국 대표들이 모여 세계 통화 질서를 어떻게 만들 것인가를 논의한 결과인데, 회의 당시 미국 경제 관료인 화이트Harry Dexter White의 안과 영국 측 대표로 나선 케인스의 안이 대립했습니다. 화이트는 미국 달러를 세계 기축통화로 만들어 국제무역의 결제 수단으로 삼자고 했고, 케인스는 한 나라의 통화를 국제통화로 삼는 것은 부적절하다면서 각국이 합의해 '방코bankor'라는 새 통화를 만들자고 주장한 것입니다. 결국 세계 최강대국으로 부상한 미국의 힘을 배경으로 화이트의 안이 통과됐는데, 그 결과가 지금 우리가 보는 IMF 체제입니다. IMF 체제는 미국 중심의 체제인 데다 오직 미국만 거부권을 행사할 수 있으니, 문제가 있습니다. 이 국제통화 질서는 미국의 이해와 세계적 이해가 충돌하면서 수시로 위기를 일으키고 있어서 지금도 새로운 국제통화 질서를 창출해야 한다는 주장이 나옵니다.

케인스는 장수하지 못하고 제2차세계대전 직후 죽었고, 그의 수제자는 로빈슨Joan Robinson이라는 여성 경제학자입니다. 로빈슨은 30대의 나이에 교과서에 나오는 완전경쟁이 현실에서는 성립하기 어렵다는 것을 직시하고 불완전경쟁 이론을 처음으로 정립했습니다. 또 자본축적론, 고용이론, 후진국 발전 이론 등 여러 분야에서 괄목할 만한 성과를 냈습니다. 그런데도 노벨경제학상을 받지 못하고 1983년에 죽었습니다. 혹자는 그녀가 노벨상을 못 받은 이유를 보수적인 고전학파 경제학이 세계적으로 우세했다는 데서 찾기도 합니다.

로빈슨은 1971년 미국경제학회 총회에 초대되어 기념 강연을 하는 자리에서 경제학이 제2의 위기에 빠져 있다고 경고해 전 세계 경제학자들의 주목을 받았습니다. '제2의 위기'는 로빈슨 자신의 생애 중 두 번째 위기를 뜻하는데, 첫 번째 위기는 1930년대 대공황 중에 설명력을 상실한 고전학파 경제학의 위기였으나 다행히 케인스의 《고용, 이자 및 화폐의 일반 이론》 덕에 어느 정도 해결됐다고 봅니다. 그리고 제2의 위기는 고전학파 경제학이 고용의 질이나 분배, 후진국의 빈

곤, 환경, 군비 축소 등 전 인류에게 대단히 중요한 문제에 대해 제대로 설명하지 못하는 것이라고 했습니다.

한편 프리드먼은 로빈슨과는 아주 다른 학자의 길을 걸었습니다. 막강한 영향력을 가진 시카고학파의 수장이라고 할 수 있는 프리드먼은, 1973년 칠레에 쿠데타가 발발한 지 반년 뒤 칠레를 방문해서 칠레 경제에 기적이 일어났다고 찬양해 빈축을 샀습니다. 육군 참모총장으로서 그 쿠데타를 일으킨 뒤 20년 가까이 독재정치를 한 피노체트Augusto José Ramón Pinochet Ugarte는 당시 대통령 아옌데Salvador Allende를 죽이고 정부 개입을 강화한 아옌데의 경제정책을 부정하며 시장 만능주의 정책으로 선회했습니다. 결국 프리드먼은 시장의 자유를 강조하면서 쿠데타까지 용인한 셈입니다. 노벨경제학상을 받은 스웨덴의 경제학자 뮈르달Gunnar Myrdal은 이를 문제 삼아 공개적으로 프리드먼을 비판하기도 했습니다.

경제학은 경세제민을 표방하는 학문으로서 많은 사람을 살릴 수 있는 길을 연구합니다. 칼은 쓰는 사람에 따라 좋은 도구가 될 수도 있고 나쁜 도구가 될 수도 있습니다. 따라서 경제학을 공부하는 사람은 무엇보다 우선 그 자세를 올바르게 하지 않으면 안 됩니다.

질문　마지막으로, 꼭 읽어야 할 경제학 책을 소개해 주십시오. 그 책들의 내용도 간략히 소개해 주시면 큰 도움이 되겠습니다.

이정우　경제학 책이 대단히 많지만 요새 나오는 것보다는 고전을 읽는 편이 대단히 유용합니다. 고전이란 '아무도 읽지 않은 책'이라는 말이 있을 정도로 읽히지 않는 책들이지만, 사실 고전에는 우리가 미처 몰랐던 많은 지혜와 통찰력이 숨어 있습니다. 고전이 된 데는 이유가 있기 때문이지요. 그러니 학생들이 고전을 많이 읽으면 인생의 길을 밝힐 등불을 얻을 겁니다.

제가 경세제민이라는 말에 혹해서 경제학을 택했는데, 막상 대학에 들어가서는 실망이 너무 컸습니다. 대학에서 가르치는 경제학은 경세제민과 거리가 멀다고 생각했거든요. 너무 형식적인 것을 많이 배우는 것 같아서 도저히 공부에 뜻을 두지 못했습니다. 그런데 대학 3학년 겨울방학 때 어떤 사람의 권유로 경제학 고전을 읽기 시작했습니다. 스미스부터 시작해 마르크스, 마셜, 케인스를 읽으면서 바로 경제학에 눈을 떴습니다. '역시 경제학이 대단한 학문'이라는 생각이 들었고, 그때부터 공부를 열심히 했습니다.

경제학의 대표적 고전으로는, 먼저 경제학의 시조로 불리는 스미스의 《국부론》이 있습니다. 앞에 소개한 것처럼 이 책은 중상주의 시대 정부의 지나친 간섭을 비판하고, 경제 질서를 시장에 맡기면 시장 메커니즘의 작용으로 조화의 세계로 갈 것이라고 주장합니다. 마르크스의 《자본론Das Kapital》은 자본주의를 근본적으로 비판한 책이며, 한때 세상을 풍미한 사회주의 사상의 뿌리라고 할 수 있습니다. 사회주의 사상이 도대체 무엇을 주장했는지 알아보는 것은 그에 대해 비판적 시각을 갖추는 동시에 경제학의 역사를 이해하는 데 도움이 된다고 봅니다. 끝으로, 케인스의 《고용, 이자 및 화폐의 일반 이론》은 1930년대 대공황의 원인을 찾고 처방을 제시한 명저입니다. 다행히 이 책들은 우수한 번역본이 나와 있습니다. 고전의 세계에 한번 푹 빠져 보시길 바랍니다.

시대정신을
탐구하는

역사학

Historiography

이만열

서울대 사학과를 졸업하고 같은 대학 대학원에서 석사·박사 학위를 받았다. 1970년부터 숙명여대 한국사학과 교수로 있으며 전두환 정권 시절 해직을 겪기도 했다. 미국 프린스턴신학교객원 교수, 한국기독교사연구회장, 한국독립운동사연구소장, 한국정신대문제 대책협의회 진상조사연구위원회 위원, 국사편찬위원장 등을 역임했다. 《복음과 상황》 공동 발행인, 외국인 근로자를 위한 희년선교회 대표 등으로도 활발한 활동을 펼쳤다. 우리 사회의 여러 쟁점에 양심적목소리를 대변한 지식인으로 잘 알려져 있다.

대담—최병택(공주교육대학교 초등사회과교육과 교수)

질문　역사가의 해석과 가치관이 역사 저술에 투영될 때 더욱 가치 있는 연구 성과물이 나온다는 것은 우리나라뿐만 아니라 세계 역사학의 발전 과정에서 역사가들이 도달한 깨달음이지요. 선생님의 연구 역정은 그 증거가 될 것 같습니다. 역사학 연구에 몸담게 된 사연부터 말씀해 주시길 바랍니다.

이만열　저는 해방되던 해에 초등학교 1학년이었습니다. 해방이 되자 바로 교회 주일학교에 다녔어요. 그곳 선생님들은 이스라엘 사람들이 이집트에서 고생스럽게 노예 생활을 했듯이 우리도 일본의 지배를 받았다는 말씀을 해 주셨어요. 이런 교육을 받다 보니 우리 역사에 관심을 갖게 되었지요. 그때 독립운동가들의 삶을 다룬 영화를 자주 봤어요. 아주 조잡했지만 교회에서 배운 것과 겹쳐지면서 역사에 대한 관심이 커졌습니다.

고등학교는 마산에 있는 숙모 집에 묵으면서 다녔는데, 그때 숙모께서 교회에 아주 열심히 다녔어요. 항상 "너는 목사가 돼라." 하셨지요. 제가 마침 엄격한 신앙을 고수하는 고신파 출신이고, 신앙생활을 학생신앙운동과 함께 한창 열정적으로 하고 있었기 때문에 숙모님 말씀을 받아들였어요. 그런데 선배들이 일반 대학을 졸업한 다음에 신학을 하는 것이 좋다고 하더군요. 그 말을 들어 보니 옳은 것 같아서 대학을 먼저 가기로 했습니다. 그리고 학과를 선택하려고 보니, 종교·철학·역사가 가장 기본이 되는 학문이지 싶었어요. 그중 역사가 종교와 철학을 모두 아우를 수 있다고 생각해서 그쪽을 선택했는데, 막상 공부해 보니 꼭 그렇지는 않아요. 대학에서 역사를 국사, 동양사, 서양사로 나누더군요. 그중 가장 좋아 보인 서양사를 선택하고 열심히 공부했어요. 종교학과에서 헬라어와 히브리어도 가르치는 것을 보고 그것도 배웠지요. 그런데 입학하고 2년 뒤에 입영 통지서가 나와서 군대를 갔습니다.

질문 ˙ 군 복무 때문에 학업이 중단돼 아쉬우셨을 것 같습니다.

이만열 그래도 군에 있을 때 뜻밖에 제 진로를 확실히 결정할 기회가 생겼습니다. 제가 6사단 공병대대 소속이었는데, 서무행정과에 있다가 행정 요원의 실수 탓에 대대장실 당번병으로 차출됐습니다. 거기 가니까 영어 통역을 하는 선 중위라는 분이 있었어요. 당번병이 되면 대대장 전화를 받고 청소도 하는데, 그분도 저와 같이 근무했습니다. 그때는 석유, 휘발유, 시멘트, 목재 같은 중요한 군수물자를 대부분 미국으로부터 받았어요. 시멘트나 목재는 공병 부대를 통해서 사단 예하 부대로 배급되었지요. 그러니까 미국 사람이 와서 감독하고, 통역이 필요한 겁니다.

하루는 사단에 다녀온 선 중위가 정훈 교육을 맡았다고 하더군요. 그러고는 정훈 교육 중 한국사를 가르쳐야 하니까 저한테 한국사 교안을 만들어 달라는 겁니다. 사실 저는 군대에 갈 때까지 한국사 수업은 개설 정도밖에 듣지 않았거든요. 힘들다고 변명하기는 싫어서 내능력을 벗어난 일이라고 했더니, 선 중위가 "서울대 다니다 왔다는 녀석이 한국사도 모르는 게 말이 되냐!" 하고 면박을 주는 겁니다. 그때 선 중위 말에 발끈해서 화를 내고 말았다면 제게 전혀 도움이 안 됐을 텐데, 저도 '맞다! 우리 역사를 모른다면 말이 안 된다. 내가 지금까지 서양사만 공부한 것은 이치에 맞지 않는다.' 하고 반성을 많이 했습니다.

질문 그럼 제대하신 뒤에 남보다 더 열심히 공부하셨겠네요.

이만열 당시 대학생은 1년 6개월, 교사는 1년을 복무했습니다. 그래서 1년 6개월 후에 제대했는데, 복학 때까지 몇 달 여유가 있었어요. 그래서 한학을 공부하신 분을 찾아 시골에 가서 《논어論語》를 배웠습니다. 그리고 복학한 다음 1, 2년 차이가 나는 후배들과 공부하게 되니까 잘 어울려 놀지는 못하고 외톨이처럼 있으면서 한문 공부를 하고 한국사 과목도 많이 들었어요.

한국사 중에서 공부할 것은 사상사가 좋겠다 싶었는데, 불교나 성

역사학

리학이나 천도교보다는 사학사가 마음에 들었습니다. 그리고 우리나라 사학사에서 가장 중요한 인물인 단재 신채호申采浩를 선택했습니다. 단재는 참 매력적인 사람이에요. 종래의 유가 사상과 도교, 천도교, 재야 사학 등을 결합했거든요. 원래 재야 사학은 독립을 지향하는 사상이 많았고, 유가는 역사 관련 자료를 많이 남겼습니다. 신채호는 유학자들이 남긴 자료를 재야 사학자로서 새롭게 해석해 냅니다. 저는 그 해석이 마음에 들었고, 단재가 살던 시대도 궁금해졌습니다.

사실 석사 학위 논문을 쓸 때는 한국의 고대 신앙과 관련된 토테미즘을 공부했어요. 그런데 그즈음에 유신이라는 정치적 사건이 일어났습니다. 제가 1970년에 숙명여대에 자리 잡았는데, 1972년에 유신이 일어난 겁니다. 그때 한국 기독교 교회가 유신을 상당히 지지하고 나섰습니다. 유신은 누가 봐도 문제가 있는데, 끝까지 양심을 지켜야 할 교회가 그것을 지지했습니다. 저는 의분이 일어났어요. 하지만 서른을 겨우 넘긴 나이라, 섣불리 의견을 말하기보다는 여러 가지를 공부하고 논리적으로 문제를 짚겠다고 마음먹었습니다. 유신 같은 어려움을 당했을 때 어떻게 대응했는지 한국 기독교의 역사를 보자, 이렇게 해서 〈한말 기독교인의 민족의식 형성 과정〉이라는 논문을 썼습니다. 이것이 서울대에서 펴낸 《한국사론》 제1집에 실렸는데, 글에 대한 호응이 상당히 좋았습니다. 그래서 여기저기 불려 다니면서 강연을 하고 공부도 더 자세히 하게 됐습니다.

질문 역사적 사실을 실증하고 해석하는 것은 상당히 복잡한 작업 같습니다. 역사학에서 '사실에 대한 해석'은 어떤 의미가 있습니까?

이만열 역사학은 해석의 학문이라고 할 수 있습니다. 그리스신화를 보면 제우스가 그 형제들과 티탄 거인들을 물리친 뒤 올림포스 산에서 이 세상을 통치하게 됐다고 합니다. 승리에 도취한 신들이 잔치를 열어 즐겼는데, 자신들의 승리를 기념하거나 찬양하는 존재가 없다는 사실을 깨닫고 무척 서운했지요. 그래서 제우스가, 하늘의 신 우라노스와 땅의 신 가이아 사이에 태어난 딸로서 '기억의 연못'을 관장한다는 므네모시네를 맞아들여 신을 찬양할 존재인 뮤즈를 아홉 명 낳습니다. 뮤즈들은 신들의 연회에 나가 노래를 부르며 흥을 돋우고, 제우스가 거둔 승리를 기념하는 시를 읊기도 했습니다. 이들은 각각 서사시·서정시·역사·천문학·희극·비극·찬가·음악·무용 등을 맡아보았고, 역사를 맡은 뮤즈의 이름은 클리오입니다.

유럽인들은 오랫동안 클리오의 모습을 그림으로 표현해 왔습니다. 먼 옛날 화가들은 클리오가 양피지 두루마리와 트럼펫을 들고 다니면서 승리자의 활약을 기록하고 찬양하는 것으로 묘사했습니다. 그런데 시대가 바뀌면서 회화에 등장하는 클리오의 모습이 조금씩 변했습니다. 17세기 네덜란드의 화가 페르메이르Johannes Vermeer는 클리오가 두루마리 대신 수많은 책에 파묻힌 모습을 그림으로 표현하기도 했습니다. 인류가 축적한 정보의 양이 많아질수록 역사의 여신인 클리오가 읽어야 하는 책도 늘어난 것입니다. 과거에 그저 승리자를 따라다니면서 두루마리에 그 행적을 기록하면 그만이던 클리오가 "도대체 어떤 자료를 선택해서 역사책에 남겨야 하는가?"라는 고민에 빠졌습니다. 19세기에는 클리오가 너무나 현대적인 모습으로 변신합니다. 미국 수도 워싱턴의 국립 미술관 조각 공원에 클리오가 두꺼운 '기억의 책'을 든 채 멋진 자동차를 탄 모습의 상이 세워져 있습니다. 이 조각은 당시 사람들이 자동차를 '역사 그 자체'로 받아들였다는 사실을 은유적으로 표현하는 것입니다. 클리오의 모습이 시대에 따라 다르게 표현되었다는 점은 역사학자들이 기록으로 남겨야 하는 중요한 사실들이 시기별로 달랐다는 것으로 이해할 수 있습니다. 역사학의 성격이 시대에 따라 변한 셈입니다.

'역사', 아니, '역사학'은 얼핏 아주 쉬운 분야로 보입니다. 그러나 역사의 여신 클리오마저 수많은 책 속에서 도대체 무엇을 기록해야 할지 고민하지 않았습니까? 역사학의 연구 대상, 즉 '기록으로 남겨야 하는 중요한 역사 사실'들이 너무나 많고, 시대에 따라 '중요한 역사 사실'도 변하고 있습니다. 역사학의 연구 대상은 '과거에 일어난 일'들인데, '과거에 일어난 일'을 밝혀내는 데 몇 가지 문제가 있습니다. 일단 '과거에 일어난 일'이 너무 많다는 것이 문제입니다. 또 그 많은 과거 사실 가운데 어떤 것을 밝혀야 제대로 된 연구인가, 어떤 사람이 개인적으로 관심을 둔 과거사를 샅샅이 밝히거나 일기로 써도 '역사학적인 연구'라고 할 수 있는가라는 문제가 있습니다.

질문　결국 역사가의 작업은 과거 사실 전체를 대상으로 삼는 것이 아니라, 사회 전체 구성원들에게 의미가 있다고 여겨지는 그 '무엇'을 선별해 그 선후 관계와 배경·영향 등을 밝히는 것이지요?

이만열　네, 맞습니다. 그런데 지금은 아주 당연해 보이는 이런 생각이 19세기까지만 해도 상식으로 통하지 않았습니다. 옛날 사람들은 신화적인 요소를 가미하거나 현란한 문장을 써서 과거 사실을 설명하는 경우가 많았습니다. 어떤 사건의 선후 관계도 실제와 다른 경우가 적지 않았습니다.

고려 시대에 편찬된 《삼국유사三國遺事》도 그렇습니다. 이 책에는 신라 경덕왕 때 지금의 진주 지방에서 살았다는 귀족 귀진貴珍과 그의 종 욱면郁面의 이야기가 실려 있습니다.

귀진은 절에 자주 가서 예불을 드렸는데, 그때마다 욱면이 따라가 같이 예불을 드렸다고 합니다. 종이 주인을 따라와 예불 드리는 모습이 보기에 좋지 않았던지, 귀진은 욱면이 절에 오지 못하게 하려고 곡식 두 섬을 하룻밤 동안 다 찧으라고 일러두고 혼자 도망치듯 예불을 드리러 갑니다. 욱면은 주인의 명을 받아 부지런히 일을 마치고는 뒤늦게 절에 가서 정성껏 예불을 드렸습니다. 그러나 힘든 노동 탓에 잠이 밀려와 도저히 불공을 드릴 수 없었습니다. 그래서 잠을 깨려고 절의 뜰에 긴 말뚝을 세우고는 두 손바닥을 뚫어 노끈을 꿰 말뚝에 맨 뒤 예불을 드렸다고 합니다. 졸다가 손이 스르르 흘러내리기라도 하면 극심한 고통이 밀려오니까 잠에 빠지지 않고 예불을 드릴 수 있게 된 것입니다. 욱면이 이렇게 정성을 다해 불공을 드리자 그 갸륵한 정성을 본 부처님이 감동했던지 갑자기 하늘에서 "욱면은 법당에 들어가 염불하라!" 하는 말이 천둥처럼 울렸습니다. 이 소리를 들은 스님들은 깜짝 놀라며 곧바로 뜰로 달려 나가 말뚝에 매인 욱면의 손을 풀고, 그를 법당 안에 데리고 들어갔습니다. 욱면이 법당에서 다시 정성을 다해 부처에게 절을 올리자 갑자기 그의 몸이 공중으로 떠오르더니 서방 정토로 날아갔다고 합니다. 지금 보기에는 너무나 터무니없는 이야기가 당시에는 엄연한 역사적 사실로 취급됐으니, 설화와 역사 서술의 경계가 모호했다고 할 수 있겠지요.

질문　19세기 독일의 역사가 랑케는 실증의 중요성을 강조했다는 점에서 중시되는데, 그의 역사학은 어떤 특징이 있습니까?

이만열　1830년대에 독일의 고등학교 교사이던 랑케Leopold von Ranke 가 역사 서술 관행에 반기를 들고 일어났습니다. 그는 '단지 사실을 사실 그대로 보여 주는 일'을 하는 것이 역사학의 목표여야 한다고 했습니다. 그가 주장하는 역사 서술 원칙은 사료에 충실하면서 사실을 있는 그대로 적는 것이었습니다. 랑케는 "역사의 개별적 발전 과정을 있는 그대로 기술해야 하며, 각 시대에 존재하는 독자적인 개성과 가치를 간파해야 한다."라고 했습니다.

　랑케의 주장은 근대 역사학 발전의 기초가 되었습니다. 그가 이런 주장을 내놓을 당시 이웃 나라인 프랑스에서는 혁명이 일어났습니다. 프랑스의 계몽사상가들은 보편적인 인권 사상을 표방하면서 전 유럽에 혁명 정신을 보급하려고 애썼습니다. 그런데 이것이 독일의 보수적 지식인과 봉건 군주 들에게 큰 위협이었습니다. 천부인권설을 비롯해 계몽사상가들이 주장하는 보편 정신은 결국 봉건 군주, 영주 들을 반대하는 운동으로 연결될 가능성이 컸기 때문입니다. 결국 독일의 보수적인 지식인들은 인간의 역사는 보편적인 원칙이나 정신에 따라 발전하는 것이 아니라, 하느님께서 각 국가와 민족에게 부여한 고유 목적과 원리에 따라 개별적으로 전개되는 것이라고 주장하고 나섰습니다. 프랑스 계몽사상가들이 주장하는 인류의 보편 정신이 독일 역사에는 적용되지 않는다는 것입니다. 그들은 하느님이 독일에게 부여한 역사 목적이 있고, 독일은 바로 그 목적을 위해 발전해 나아가야 한다고 주장했습니다. 이런 사상을 '역사주의'라고 부릅니다.

사실 독일의 근대 역사학은 계몽사상과 혁명의 회오리바람 속에서 독일의 기존 체제를 옹호하면서 등장했습니다. 랑케도 그런 흐름 속에 서 있던 사람입니다. 이렇게 보면 독일 역사학 자체가 상당히 보수적이었고 시대의 역동성을 못 따라갔다고 생각할 수 있습니다. 그러나 랑케는 실증을 강조해 역사학의 독자적인 연구 방법론을 제시했다는 점에서 지금까지 주목받고 있습니다.

질문 '있는 그대로의 사실'을 강조한 랑케와 다르게 생각하는 사람들도 많았지요?

이만열 그렇습니다. 랑케가 '실증'의 중요성을 강조하면서 역사학자들의 연구 분야는 정치사에 국한되어야 한다고 생각했습니다. 하느님이 부여한 목적을 향해 나아가야 하는 것이라는 역사의 전개가 주로 정치사를 연구할 때 잘 밝혀진다고 보았기 때문입니다.

그런데 이 무렵 마르크스가 등장해 역사학이 영웅과 유명인들의 활약상이나 정치인들의 이야기만 연구해서는 안 된다고 주장합니다. 그는 역사가 정치인 같은 개인이 이끌어 가는 것이 아니라, 거대한 법칙에 따라 전개되는 것이라고 생각했습니다. 역사가들은 바로 그 거대한 법칙을 밝혀내야 한다는 것이 그의 주장입니다. 마르크스는 어떤 국가, 어떤 민족이든 '원시 공동체 사회 → 노예제 사회 → 봉건제 사회 → 자본주의 사회 → 사회주의 사회'의 순서로 발전한다고 보았습니다. 그리고 이런 역사 발전을 이끌어 내는 동력이 바로 생산력과 생산양식이라고 했습니다. 그래서 마르크스는 경제사를 연구하는 것이 무엇보다도 필요하다고 외쳤습니다.

하지만 마르크스주의자들이 생각하는 역사 발전의 법칙은 경제적인 요소에 너무 치우쳐 있었습니다. 한 사회의 생산력이나 경제적 생산양식이 역사 발전을 결정짓는다는 주장이 힘을 얻으면 얻을수록 역사학자들은 문화나 제도, 사회적인 측면을 제대로 분석하지 않고 그저 경제적 발전이 어느 단계에 이르렀는가 하는 문제에 집착하게 됐습니다.

질문　그런 문제점을 인식한 서구 역사학자들이 아날학파를 구성해 새로운 연구 경향을 선보였군요? 아날학파에 대해 설명해 주십시오.

이만열　아날학파는 프랑스 역사학자인 블로크Marc Bloch와 페브르 Lucien Febvre가 기초를 닦은 역사학 연구의 흐름입니다. 이들 중 블로크는 역사와 함께한 삶 때문에 더 유명합니다. 그의 삶과 연구를 살펴보면 아날학파를 이해하는 데 도움이 될 것입니다.

블로크는 프랑스 리옹의 유태인 집안에서 태어나 파리 고등사범학교에서 역사학과 지리학을 공부하고, 독일 라이프치히대학과 베를린대학에서 유학한 뒤 고등학교 교사를 거쳐 스트라스부르대학과 소르본대학의 역사학 교수로 일했습니다. 현실 참여 의식이 강했던 그는 두 차례의 세계대전에 자원입대했고, 나치가 프랑스를 점령했을 때는 레지스탕스에 참여했다가 독일군에 체포되어 처형됩니다.

역사학자로서 그는 정치사 위주의 역사 서술과 마르크스의 법칙 지향적 역사 연구 경향을 비판하고, 경제·사회·문화 등 모든 영역이 역사 연구의 대상이라고 주장했습니다. 아날학파의 등장으로, 특정 시대를 분석하는 역사학 저서들은 정치나 경제구조에 편협하게 머무르지 않고 그 사회의 문화와 사람들의 심성·제도 등 다양한 분야를 다루기 시작했습니다. 예를 들어, 블로크의 《기적을 행하는 왕Les Rois Thaumaturges》에는 프랑스와 영국의 왕들이 언제부터인가 신하들의 상처를 고치는 능력을 가진 것으로 여겨졌다고 설명되어 있습니다. 왕이 신하들의 상처에 손을 얹기만 해도 낫는다는 것입니다. 옛날 영국과 프랑스에는 이렇게 믿는 사람들이 의외로 많았다는데, 랑케나 마르크스는 이런 사회적 믿음이나 분위기를 그다지 중요하게 생각하지 않았고 역사 연구의 대상으로 인식하지도 않았습니다. 그러나 블로크는 왕의 손길을 치료의 묘약으로 받아들이는 믿음이 당시 사회를 설명하는 중요한 특징이라고 보았습니다. 그런 믿음이 실은 중세 질병 치료 체계의 부실함, 집단적인 충성심 등이 반영된 현상이기 때문입니다.

왕의 손길을 받으려고 대관식에 모여들던 사람들의 수가 후대에는 뚜렷이 줄었다는 구체적인 사실을 제시하는 그의 설명은, 왕의 위상 변화를 보여 주며 학문의 영역이 아닌 것 같은 미신도 당대를 이해하는 열쇠가 될 수 있다는 것을 알게 합니다.

아날학파 학자들은 역사적 사실의 원인이나 영향을 설명할 때 정치나 법칙을 들이대는 것을 싫어했습니다. 그들은 지리적인 환경, 문화적 분위기, 심리적인 특징 등을 다양하게 살펴보며 역사적 사실의 원인을 밝히려고 했습니다. 무엇보다 심성적인 특징이 역사적 사건의 발생 이면에 자리 잡고 있다고 보고, 이를 밝혀내는 데 주력했습니다. 보벨Michel Vovelle과 아리에스Phillippe Aries 등이 가족생활이나 어린이·죽음에 대한 태도, 연옥 같은 상상의 세계를 통해 사람들의 무의식에 있는 심성을 뜻하는 망탈리테mentalités의 변화를 새로운 역사 연구의 대상으로 삼은 것은 잘 알려져 있지요.

질문 서구의 연구 경향을 우리나라 역사를 살피는 데도 적용할 수 있습니까?

이만열 네, 앞에 소개한 욱면 설화가 신라 시대의 문화와 심성을 이해하기 위해 연구하는 중요한 대상일 수 있습니다. 랑케나 마르크스는 설화를 역사 연구의 대상으로 생각하지 않았고 그 중요성에 주목하지 않았습니다. 그러나 이제 특정 시대의 심성과 문화를 이해하는 것도 역사학의 중요한 목적이 되어, 불교 설화가 왜《삼국유사》에 많이 실렸는지를 살피는 것도 역사학의 연구 주제로 떠오를 수 있습니다. 신분 차별이 심하던 신라에서 노비 같은 천민이 고된 몸과 마음을 의지할 곳은 불교가 거의 유일했습니다. 욱면 설화는 바로 그렇게 고단한 일상을 살아가던 천민들에게 위로 삼아 들려주는 이야기였을지도 모릅니다. 우리는 이 설화를 통해 당시 하층민들이 얼마나 힘들게 살아갔는지를 조금이라도 이해할 수 있습니다.

최근에는 역사학이 사회구조, 분위기, 문화 등을 밝히는 데 너무 경도됐다고 비판하는 사람들이 많아지고 있습니다. 역사가의 주관이나 가치관이 묻어나는 역사학 저술, 역사가의 눈으로 시대적인 문제점과 사회의 나아갈 길을 뚜렷하게 제시하는 글이 필요하다는 주장도 나옵니다. 특정 시대를 분석하고 사회구조와 문화를 밝혀내는 데서 한 걸음 더 나아가 역사가와 역사 연구 대상을 밀접하게 연결하는 생생하고 감성적인 역사책을 많은 사람들이 원한다는 목소리도 있습니다.

사실 역사학은 과거의 사실을 단순히 복원하는 데 그치는 학문이 아닙니다. 물론 어떤 역사학자들은 자신의 시각과 해석을 최대한 숨기기 위해 노력하지만, 이와 반대로 역사학자의 해석을 적극적으로 드러낼 필요가 있다고 생각하는 사람이 많습니다.

우리나라 역사학은 유럽 역사학의 발전으로부터 영향을 받아 왔습니다. 일제강점기에는 랑케와 역사주의의 영향을 받아 역사적 사실을 실증적으로 꼼꼼하게 밝히려는 경향이 자리 잡았습니다. 마르크스 역사학을 따라 경제사 연구에 일생을 바친 학자들도 많습니다. 해방 이후에는 정치, 경제뿐만 아니라 종교와 문화, 사회제도, 의식까지도 역사 연구의 대상이 됐습니다. 그 결과 각 분야에서 수많은 연구 결과가 쌓였습니다. 해방 이후 우리나라 역사학자들은 무엇보다 우리 사회의 문제점과 발전 방향을 두고 깊이 고민해 왔고, 그 결과 민주화와 근대화라는 중요한 가치가 우리나라 역사에서 어떻게 구현되었는가에 지대한 관심을 가졌습니다. 이런 가치를 역사 서술에 담아내려는 시도도 상당히 중요하다고 하지 않을 수 없습니다.

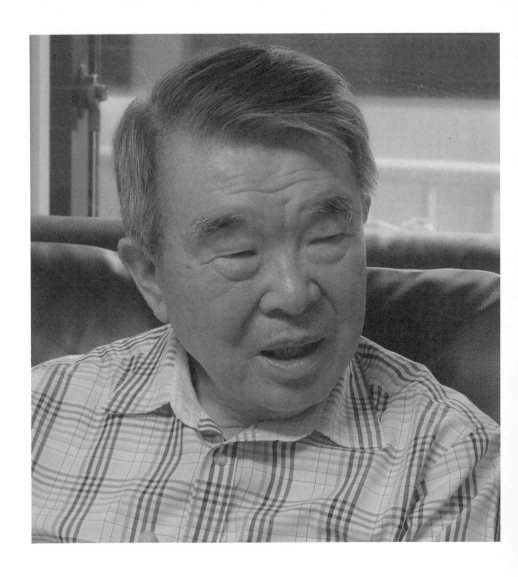

신군부 시절에 해직된 선생님들 중에는 역사를 공부한 분이 많습니다. 그것은 역사를 공부하다 보면 인간의 자유를 합법적인 절차 없이 제한하는 행위가 문제 있다고 생각하게 된다는 뜻입니다. 역사 공부는 이런 가치를 다듬고 익히는 데 도움이 됩니다.

질문 선생님께서 군대에 다녀오신 뒤 한국사 공부를 생각하셨을 때가 바로 민주화, 근대화의 시기가 아니었을까 합니다. 당시 우리 사회와 역사학계 분위기는 어땠습니까?

이만열 해방 이후 우리나라에서 잠깐 민족주의가 팽배했다가 곧 가라앉고 말았습니다. 북한에서는 민족주의를 남쪽의 사상으로 치부하고, 남쪽에서는 민족주의를 공산주의로 여겼습니다. 그러다 4·19혁명을 기점으로 민족주의 분위기가 폭발합니다. 저는 1961년에 복학했어요.

이 시기에 신채호의 《조선상고사》를 비롯해 여러 책이 복간되기 시작했습니다. 역사학에서도 민족주의가 어떤 것인지에 본격적으로 관심을 쏟았지요. 민족주의라는 가치관을 투영해서 역사를 공부하는 것이 의미 있다는 생각이 나타난 것입니다.

당시 민족주의의 열기를 부채질한 것 중 하나는 통일 운동입니다. 서울대 문리대에서 민족주의비교연구회라는 모임을 중심으로 "가자 북으로! 오라 남으로!"라는 구호가 나오고, 통일 문제에 관심을 많이 쏟았습니다. 4·19혁명 뒤 사회 혼란을 구실 삼아 그다음 해에 5·16군사정변을 일으킨 세력도 초기에는 민족주의의 열기를 억누르지 못했습니다. 저는 민족주의에 대한 본격적인 관심과 이해가 등장했다는 점에서 4·19혁명을 아주 중요시합니다.

질문 민족주의라는 가치관이 역사 연구에 상당한 자극을 주었지만, 최근에는 민족주의가 다양한 역사 인식을 방해한다는 시선이 있는 것 같습니다. 선생님은 어떻게 보십니까?

이만열　역사적으로 볼 때 민족주의가 한창 발흥하는 시기에는 그것이 나름대로 그 시대에 합당한 가치를 담고 있었습니다. 사실 북한을 설득할 수 있는 것은 민족주의밖에 없습니다. 그런데 민족주의 분위기가 그렇게 세차게 올라가지는 않았습니다. 저희 같은 사람이 박은식朴殷植과 신채호를 이야기하면서 조금 나온 것이지요. 제가 대학에 다닐 때는 역사학의 기본 방법이라고 하는 실증 같은 것이 아주 강조됐습니다.

　잘 아시는 것처럼 근대 역사학이 지향하는 실증주의가 '사실 그 자체를 있는 그대로 서술한다'는 태도를 지키다 보니, 역사학자들이 어떤 가치관을 갖고 연구에 임하는 것을 경계합니다. 특히 제가 역사학을 공부하던 시절에는 고증을 철저히 하라는 분위기가 상당했고, 함부로 글을 쓰지 말라는 가르침도 많이 받았습니다. 철저한 고증, 그러니까 어떤 의미에서는 역사학의 기본을 잘 훈련받았다고 할 수 있지요.

질문　실증이 역사학의 특징이라고 할 수 있는데, 그것만 추구해서는 역사학 연구가 제대로 될 수 없다는 비판도 오래전부터 있지 않았습니까? 역사학에서 실증은 어떤 의미인지 설명해 주십시오.

이만열　현실을 분석하는 학문으로 역사학뿐만 아니라 정치학이나 사회학도 있습니다. 정치학·사회학 등에서는 구체적인 실증 작업을 거치기 전에 이론을 세워서 사회현상이 돌아가는 전체적인 모습을 보려고 하는데, 역사학은 현실을 보는 안목을 갖추기에 앞서 실증을 거치려고 합니다. 그래서 사료 비판을 엄밀하게 하고, 이것저것 분석하는 어려운 작업도 합니다. 이런 태도와 접근 방식이 역사학적 사고방식이라고 할 수 있겠지요.

역사학에서 실증을 중요시한다는 것은 '근거가 무엇인지', '근거가 어디까지 올라가는지' 등 과거에 대한 규정을 따지면서 "그것이 현재 어떤 영향을 미치는가?"라는 문제의식과 미래에 대한 통찰을 가지려고 노력하는 것입니다. 이런 점에서 역사학이 사회과학과 다르다고 봅니다.

질문 그런데 학자인 선생님께서 군사정권 시절에 고초를 겪으셨습니다. 역사학자가 시대와 어떤 관계에 있는지를 생각하는 기회가 될 듯하니, 그 일에 대해 말씀해 주십시오.

이만열 저는 박정희 정부 시절, 유신 체제 이후에 기독교 역사를 공부했고 논문이 주목받아 시사평론을 맡기도 했어요. 하지만 그때 저는 유신을 비판할 정도로 용기 있는 사람이 아니었습니다. 제가 해직된 것은 1980년 8월 신군부 때 일입니다.

박정희 대통령이 죽는 10·26사건이 일어난 뒤에 제가 기독교방송을 통해 비판적인 생각을 드러냈습니다. 박정희 정부 시절에는 군대가 학교 수업을 막기도 했는데, 10·26사건 이후 5·18민주화운동 때까지 학원에 자유화 바람이 불었어요. 저는 학교에서 교수협의회를 만들어 학교 내 민주화를 주도하고 다른 학교와도 소통하는 한편, 교회나 기독교방송을 통해서 여러 가지 얘기를 했습니다. 그러다 보니 감금되는 일을 겪었습니다. 그리고 감금된 상태에서 사표를 쓰게 하더군요. 잡혀 들어갔는데, 그쪽에서 '계통도'를 미리 만들어 놓았어요. 제가 김대중金大中 내란 음모 사건에 관련됐다면서 조직 계통도를 보이고는 "너는 이 중 어디에 들어가냐?"라는 식으로 말하더군요. 아마 그들로서는 비판 세력을 억누르기 위해 한 대학에서 몇 사람 정도는 제거해야겠다 싶었나 봅니다. 그래서 숙명여대에서는 저하고 사학과의 김봉호金鳳鎬 교수님이 해직당했습니다. 그들이 사표를 쓰라고 할 때 저는 마음속으로 '설마 정말 집행하겠나?' 했는데, 정말로 내쫓겼습니다. 그래서 4년 1개월 동안 학교 밖에 있어야 했습니다. 그때 국회에서 문제 제기를 하고, 해직 교수들도 계속 여러 활동을 하니까 신군부 측에서 골치가 아팠나 봅니다. 그래서 복직시켰지요.

학교에 돌아온 다음에도 많은 일이 있었습니다. 해직되기 직전에 학생들이 내는 잡지에 글을 썼어요. 그리 비판적인 글도 아닌데, 학교에서 그걸 문제 삼았어요. 그 글에 이런 대목이 있습니다. "내가 학교에서 녹을 받고 있는데, 공자의 《논어》에 따르면 녹이라는 것이 태평성대일 때는 떳떳이 받을 수 있어도 사회가 어지럽고 부정부패가 가득 찼을 때는 받는 행위 자체가 수치다." 저는 이 대목을 통해 반성하는 식으로 글을 썼습니다. '이런 시대에 봉급을 받고 사는 것은 정말 부끄러운 것'이라는 내용이었어요. 그때는 국가정보원의 전신인 안기부 사람들이 학교에 상주하고 있었으니, 상식적으로 이해할 수 있는 글도 문제가 된 겁니다. 그런데 학생 시위를 파악하는 위치에 있던 학사 담당관이라는 사람이 저를 불러서 가 보니까, 대학교수가 이런 글을 안 쓰면 어떡하냐더군요. 오히려 제 글을 문제 삼아 보고한 학교를 비난한 겁니다.

어쨌든 1984년 9월에 복직되고 나서는 같이 복직된 사람들과 힘을 합쳐서 민주화운동에 많이 나섰어요. 1987년 6월에 학생들과 교감하면서 여러 일을 했습니다. 아시다시피 대통령을 체육관에서 권력자 마음대로 뽑던 시절이니, 새 헌법을 만들어야 한다는 말도 많이 했습니다.

질문   역사를 공부하는 사람에게 민주화는 어떤 의미입니까?

이만열   역사란 무엇인가, 역사는 어떻게 발전하는가에 대해 여러 명제들이 있습니다. 저는 역사를 공부하면서 역사의 발전이 무엇을 의미하는가에 대해 고민했어요. 결국 '역사의 발전이란 역사의 주체가 되는 존재가 양적으로 확산되어 가는 과정'이라고 생각하게 됐습니다. 옛날에는 역사의 주체가 임금이나 영웅호걸 등 몇몇 사람이었는데, 민주주의 사회에서는 역사의 주체가 되어 시대를 이끌어 가는 존재의 수가 늘어나 많은 사람이 사회 발전에 참여하게 됩니다. 역사의 발전은 역사의 주체가 되는 개개인의 자유가 신장되는 과정이기도 한 것입니다. 옛날에는 임금만 자유로웠지만 민주주의 사회에서는 법의 테두리 안에서 모두가 자유롭습니다. 사회적으로 관계가 평등해지는 겁니다. 이렇게 보면, 유신은 역사의 흐름을 막으려고 한 것입니다. 그러니까 역사를 공부하는 사람들이 문제의식을 가질 수밖에 없었지요. 신군부 시절에 해직된 선생님들 중에는 역사를 공부한 분이 많습니다. 그것은 역사를 공부하다 보면 인간의 자유를 합법적인 절차 없이 제한하는 행위가 문제 있다고 생각하게 된다는 뜻입니다. 역사 공부는 이런 가치를 다듬고 익히는 데 도움이 됩니다.

예를 들어, 3·1운동을 독립운동의 시각에서 보면 그 의미가 주권 회복 노력에만 있는 것으로 읽히기도 합니다. 자칫하면 주권만 회복하면 그만이라는 식이 되어 버립니다. 왕조를 회복하는 식으로 독립하자는 복벽 운동이라는 것이 있는데, 3·1운동 때는 복벽 운동을 넘어서면서 보통 사람들이 나라의 주인이 되어야 한다는 의식이 널리 퍼집니다. 그렇다면 민중 중심의 사고가 3·1운동을 이끌어 냈다고 봐야 합니다. 3·1운동의 정신은 대한민국임시정부로 구현됩니다. 대한민국이라는 이름에 그 뜻이 나타나지요. 그래서 3·1운동은 독립운동보다는 민주화운동의 성격이 더 많았다고 할 수 있습니다.

요즘 우리나라가 세계 10대 경제 대국이 되었다고 하는데, 그것에 대한 제 생각은 분명합니다. 산업화가 민주화를 이끈 것이 아니고, 민주화가 산업화를 이끌었습니다. 민주화를 향한 끈질긴 노력이 말입니다. 민주화가 뭡니까? 개인의 창의성과 자유를 인정하는 것입니다. 그런 사회가 되어야만 산업화가 진전됩니다. '민주화가 먼저, 그다음에 산업화'라는 것이 제 생각입니다.

북한과 남한을 비교해도 확인할 수 있습니다. 산업화가 민주화를 이끈다면, 일제가 공장을 많이 만들어 산업화하기에 유리했던 북한이 남한보다 훨씬 민주화되고 잘살아야 되는 것 아닙니까? 그러나 북한은 개인의 자유를 철저히 억압했고, 그래서 산업화가 안 됩니다. 우리는 이승만李承晚 시대 뒤로 끈질기게 개인의 자유와 창의성을 신장시켰어요.

역사가가 이런 생각을 갖는 것, 특히 '역사 교사'가 이런 생각을 갖는 것이 매우 중요합니다. 학생들에게 이런 가치를 알려 주는 것이 중요하고, 학생의 창의성과 개성을 보장해 줄 때 우리 사회도 창의성과 개성이 보장되는 사회로 발전해 가는 것입니다.

질문 선생님께서 신채호를 강조하시는 것도 그런 생각 때문입니까?

이만열 그렇지요. 신채호는 근대적 방법에 따른 민족주의 역사학의 시초입니다. 신채호는 역사의 주체가 영웅이라고 보는 관점에서 국민이라고 보는 관점으로 넘어가는 모습을 보여 줍니다. 나중에는 국민에서 민중으로 그 주체가 또 바뀐다고 했어요. 역사를 개인이 움직이는 것이 아니라, 국민·민중이 움직인다는 것은 근대 역사학의 중요한 가치관이기도 합니다.

질문 최근 역사 교과서 논쟁이 과열 양상을 보이고 있습니다. 기존 교과서에 상당히 비판적인 분들이 특히 일제강점기의 사회·경제를 해석하는 데 일제의 지배가 한국 발전에 중요한 영향을 미쳤다고 보는 '식민지 근대화론'이 등장합니다. 이런 현상을 어떻게 보시는지요?

이만열 그분들은 기본적으로 관점이 다릅니다. 제가 우리나라의 민주화가 산업화를 이끌었다고 했습니다. 그런데 그분들은 '일제가 들어와서 근대화를 해 준 힘이 현대에 이르러 꽃피게 되었다'는 식으로 해석합니다. 일제의 근대적 사고가 근대화로 이어졌다고 보는 것입니

역사학

다. 그런 뉴라이트 역사관의 맹점은, '식민지 시기의 근대화로 오늘날의 대한민국이 되었다면 독립운동은 어떻게 봐야 하는가'라는 문제에 있습니다. 일제가 한국에 근대화를 이끈 주역이라면 '독립운동 세력은 근대화를 저지한 세력, 반역적 세력인가'라는 의문이 생깁니다. 아울러, 임시정부의 정통성을 부정할 수도 있게 됩니다.

앞에 말했듯이 대한민국이라는 정체가 등장한 것은 1919년 3·1운동 이후입니다. 대한민국을 이끌어 가기 위한 정부가 바로 해외에 세워진 임시정부입니다. "대한민국은 1919년에 세워졌다. 그것을 이끌어 갈 정부가 정식 출범한 것은 1948년이다." 이것이 역사학계의 견해였습니다. 이런 주장은 근거가 분명히 있습니다. 5·10총선거 직후 5월 31일에 국회가 개원하는데, 그때 이승만 전 대통령이 연설 중에 '새 정부는 1919년 정부의 후신'이라고 했습니다. 1948년 7월 17일에 공포된 제헌헌법에도 '대한민국은 민주공화제'라는 구절이 있는데, 이것은 임시정부의 약법을 그대로 가져온 것입니다. 이렇게 사실에 기초해서 보면, 우리나라 정부는 이승만 때가 아니라 대한민국임시정부 때 만들어졌다고 하는 것이 타당합니다. 이것을 부정한다면 여러 가지로 문제가 있습니다.

또 그런 주장을 하는 분들이 '대안 교과서'라는 것을 만들었어요. 그래서 제가 독립운동에 관한 것부터 봤습니다. 그런데 학교의 역사 교과서보다 앞서 나가 있는 것이 많았어요. 이승만에 대해 이야기할 때 "그는 외교 노선 때문에 가는 곳마다 문제를 일으켰다."라고 써 놓았는데, 만약 그 내용이 역사 교과서에 있었다면 그분들이 엄청나게 화를 내며 성토했을 것입니다. 김일성金日成에 대한 부분도 있더군요.

특히 보천보전투를 자세하게 소개합니다. 그런데 역사 교과서는 김일성 얘기를 할 때 그 일을 소개하지도 않고, 소개해도 보충 자료로 간단히 제시하는 수준입니다. 이해하기 힘든 대목입니다. 이것뿐이 아닙니다. "일제시대에 잡혀 들어간 사회주의자들이 1만 3000명인데 그 대부분이 독립운동과 관련해서 높은 평가를 받고 있다."라고 적었어요. 이런 문장이 역사 교과서에 있다면 정말 강력하게 문제 제기를 했을 사람들인데, 정작 그들 자신은 아무 생각 없이 쓴 겁니다. 역사학은 그렇게 함부로 글을 쓰는 학문이 아닙니다. 항상 근거를 찾아서 확인하고 적어야 해요. 그런 의식이 없으면 역사 자체를 자기가 바라는 대로 바꾸려고 하기 마련입니다.

질문 말씀을 들으니, 역사학은 사실관계의 근거를 찾아 확인하고 기록을 남기는 것이 아주 중요한 학문인 것 같습니다. 역사학에 관심 있는 사람들이 보면 좋을 책을 소개해 주십시오.

이만열 역사학을 전공하는 학생들은 사료 강독이라는 것을 합니다. 옛날 사료를 직접 해석해 보는 수업인데, 제가 대학에 다닐 때는 김철준金哲埈 선생님이나 김상기金庠基 선생님께서 이 수업을 맡으셨어요. 그런데 이분들은 학생들이 자료 해석하는 것을 보시다 당신 성에 안 차니까 직접 자료를 딱 들고 한문을 읽으면서 해석하고 설명하셨어요. 참 감동적이었지요. 그때는 그 수업의 가치를 몰랐는데, 나중에 보니까 아주 좋은 경험이었습니다. 역사학에 관심이 있는 분이라면 옛날 자료를, 원문이 어렵다면 해석된 것이라도 한번 접해 보길 바랍니다. 그러면 고전이 얼마나 소중한지 알게 될 것 같습니다. 김상기 선생님의 강독 중에 유지기劉知幾라는 사람의 《사통史通》이 있었어요. 당나라 학자인 유지기의 역사 방법론, 역사철학이 많이 담긴 책입니다. 그가 그 전 시대의 책들을 섭렵한 다음 자기 나름의 역사관을 제시하는데, 그것이 역사를 이해하는 데 도움이 되었습니다.

우리 역사와 관련해서는 신채호의 《조선상고사》를 추천합니다. 다 읽을 필요는 없어요. 총론만 읽어도 됩니다. 요새 단재 전집이 나왔는데, 그 총론 부분은 꼭 읽어야 합니다.

그리고 한 가지 관점을 고수하며 우리나라 역사를 본 함석헌咸錫憲의 《뜻으로 본 한국 역사》도 보면 좋겠습니다. 그의 관점이 합당한가에 대해서는 의견이 다를 수 있지만, 한 가지 역사관으로 일관되게 역사를 돌아본 첫 시도라는 점은 분명히 의미가 있습니다.

한국사의 원류를 보려면 《삼국유사》가 좋습니다. 이야기가 많이 나오니까 재미있게 읽을 수 있을 겁니다. 한영우韓永愚 교수가 쓴 《다시 찾는 우리 역사》도 한국사를 이해하는 데 도움이 될 것입니다.

서양사에 관해서는 카Edward Hallet Carr의 《역사란 무엇인가What is History》를 추천합니다. 또 동양사에 관해서는 《사기史記》〈열전列傳〉을 읽으면 좋겠습니다. 갖가지 인간 유형, 욕심, 지혜 같은 것이 다 등장한다는 점에서 상당히 좋은 책이라고 봅니다.

질문   마지막으로, 젊은 사람들에게 하실 말씀이 있다면 해 주십시오.

이만열   역사 공부는 연대기적인 공부가 아닙니다. 역사에서 발전한다는 것은 무엇을 의미하는가? 역사 발전이 우리에게 주는 교훈은 무엇인가? 이런 질문과 함께 현재를 반성하고, 미래를 통찰할 수 있는 힘을 키우는 것이 중요합니다. 어떤 역사 사실을 볼 때 단순한 사실의 암기로 앞뒤 순서를 아는 정도에 그치지 말고, 그 원인과 영향을 같이 살피면서 역사 발전의 원동력이 무엇인지를 끊임없이 생각해 보길 바랍니다.

자아를 쏟아부어
세상과 소통하는

문학

Literature

조동일

서울대 불문학과를 졸업한 후 같은 대학 국문학과에서 박사 학위를 받은 우리나라 국어국문학계의 대표적 학자다. 계명대·영남대·서울대 국문학과 교수를 역임했다. 서울대에서 정년을 맞이한 뒤에도 울산대 참여교수, 서울대 및 중국 옌벤대 명예교수, 대한민국학술원 회원 등으로 왕성한 활동을 펼치고 있다.

대담—김창현(공주교육대학교 초등국어교육과 교수)

interview

질문　평소 존경하던 선생님의 말씀을 들을 수 있게 되어 정말 기쁩니다. 흔히 문학은 간접적인 체험이라고 합니다. 문학을 통해 다른 사람이나 다른 문화에 대해 이해할 수 있다는 말 같은데요. 과연 문학은 무엇일까요?

조동일　문학이 무엇인가 하는 질문은 참 오래된 것입니다. 이 질문에 답하기 위해 문학에서 시를 예로 들고 다른 학문 중 수학을 뽑아, 이 둘이 어떤 관계인지에 대한 제 생각을 근거로 말해 보겠습니다.

　시와 수학은 상상을 통해 창조하는 능력을 보여 줍니다. 수학자들은 지금까지 없던 것을 생각해 내고 지어내서 남들이 납득할 수 있는 형태로 만들어 내놓는 작업을 합니다. 그리고 수학이라는 전문 분야에서 득도한 경지에 들어선 사람들은 자신들만의 별세계 언어로 소통하게 됩니다. 시를 창작하는 작업도 이와 비슷한 득도의 길이라고 보

문학

면 됩니다. 그런데 시 창작 같은 문학은 수학과 달리 '득도'하는 데 특별한 자격이 필요하지 않습니다.

문학은 논리를 넘어서서 통찰에 이를 수 있는 분야입니다. 흔히들 '통찰'이라는 것이 '논리'와 반대되는 성격이 있지 않나 생각합니다만, 사실 '통찰'은 논리 이상의 논리입니다. 어떻게 보면 수학, 과학 등은 문학과 가까이 교류해야만 비로소 완성될 수 있습니다. 문학을 등한시하고 자연과학이나 실용 학문만 중시해도 세계에 자랑할 수 있는 나라가 된다고 생각한다면 오산입니다. 어려서부터 문학적 상상력을 기르지 않으면 자연과학이나 수학 역시 잘할 수 없게 됩니다.

저는 학창 시절에 수학을 공부해 볼까, 아니면 문학을 공부할까 하고 수없이 고민했습니다. 결국 시 창작의 즐거움이 훨씬 크다는 것을 알아차리고 지금의 이 길로 접어들었습니다. 그리고 막상 공부해 보니 문학작품 창작 분야에서 비평 쪽으로 나아가게 됐고, 다시 비평가에서 연구자로 자리를 옮기면서 시 창작에서는 멀어졌습니다. 그런데 연구를 하다 보니 어느새 마치 수학을 공부하듯 논문을 쓰는 버릇이 생겼습니다. 겉으로 보기에 수학은 아무래도 딱딱하니까 문학과는 아귀가 맞지 않을 것 같았지만, 공부해 보니 논리 이상의 논리인 통찰을 갖추는 데 도움이 된다는 것을 발견하게 되었습니다.

문학이 무엇이냐는 질문에 뭐라고 답할 수 있을까요? 문학은 논리 이상의 통찰을 가지고 시와 소설 같은 작품을 창작하거나 비평하는 학문입니다. 그런데 이런 식으로 문학을 정리한 글은 산더미같이 쌓여 있습니다. 문학작품도 엄청나게 많지요. 그럼에도 문학에 대한 글이 계속 새롭게 쓰이고 있습니다. 문학이 무엇인지 스스로 물어보는 일도 의미 있지만, 그에 대한 통찰력이 쌓이면 쌓일수록 나날이 새로운 답변을 찾아내며 나아가는 것 같습니다.

질문　결국 문학은 문학작품을 기반으로 하는 학문이라고 할 수 있을 텐데요, 문학작품을 의미 있게 읽어 내는 것은 누구에게나 중요한 일이라는 생각이 듭니다. 어떤 작품을 골라서 어떻게 읽어야 할까요?

조동일　독서의 일반적인 원리를 알아야 작품을 읽은 효과를 거둘 수 있습니다. 흔히들 책에 빠져 읽는 것이 가장 좋은 독서법이라고 믿습니다. 사람들은 '독서삼매讀書三昧'라는 말처럼 책에 빠지면서 읽기를 서로 권장합니다. '빠져 읽기'란 자기를 잊고 글에 몰입한다는 의미입니다. 그러나 책에 빠져드는 것은 평소의 자기를 잊고 그 자체의 흥미에 빠져 들어가는 '오락'과 같습니다. 사실 오락에 탐닉해 독서를 하면 조금 허망한 측면이 있습니다. 다시 현실로 돌아올 때는 환멸감 같은 것을 느끼기도 하지요.

　훌륭한 책을 가려서 '빠져 읽기'를 하면 독자가 조금은 훌륭해질 것이라고 여기는 사람이 많습니다. 그러나 저는 그런 생각이 잘못됐다고 봅니다. 훌륭한 글은 독서삼매경에 빠져 읽는다고 이해할 수 있는 것이 아닙니다. 진지한 글이라면, 읽는 사람이 자기 경험이나 지식과 사고방식에 입각해 그 글과 토론하듯 읽어야 비로소 읽힙니다.

　대화나 토론을 마지못해 받아들이듯 책을 받아들이지 말고 스스로 적극적으로 대화를 이끌어 가듯 책을 대해 보십시오. 저는 그런 독서법을 '따지면서 읽기'라고 표현합니다. 좋은 글이라도 그 내용 중에는 반드시 허점과 잘못이 있습니다. 바로 그 허점을 알아내고 잘못을 따져 나가는 것이 자기 성장의 길입니다. 따진다는 것은 결코 쉬운 일이 아닙니다. 시비의 대상인 글이 어느 수준이고 어떤 가치가 있는지를 알아야 더욱 진전된 논의를 펼 수 있습니다.

문학 연구에서 항상 하는 문학작품 구조분석을 예로 들어 보겠습니다. 문학작품의 구조는 어느 경우나 음성적 구조·순차적 구조·병립적 구조·상황적 구조 등으로 이루어져 있기 때문에, 이 넷 중 어느 것은 택해야 합니다. 그러나 이 넷에 관한 분석이 항상 같은 정도로 필요한 것은 아닙니다. 작품에 따라서는 이 중 어느 것이 아주 중요한 구실을 하거나 분석상의 문제점이 많기 때문에 집중해서 다룰 필요가 있습니다. 문학작품의 구조분석이란 천지 만물의 기본 원리인 질서를 무질서와 함께 발견하고, 상극과 상생이 하나이면서 둘이고 둘이면서 하나인 생극을 확인하며 구현하는 작업입니다. 문학작품은 이런 구조를 잘 집약해 갖추고 있어서 소중하고, 세상을 움직일 수 있는 힘을 가지며, 그것을 분석하는 훈련을 통해 사고를 가다듬도록 하는 교재로서도 큰 구실을 합니다.

'따지면서 읽기'를 충분히 연습했다면 '쓰면서 읽기'의 수준으로 나아가야 합니다. 독서를 하면서 마음속으로 토론을 진행해 대안을 찾은 다음에 자기 글을 써 보는 것이 최상의 독서입니다. '빠져 읽기', '따지면서 읽기', '쓰면서 읽기' 등 세 가지 독서법은 책을 읽는 데 들이는 시간이 각각 다릅니다. '빠져 읽기'는 책이 요구하는 시간에 맞춰 독서를 하게 됩니다. 보통은 단숨에 다 읽어 낼 때 '빠져 읽기'를 잘했다고 합니다. '따지면서 읽기'를 할 때는 완급을 조절하면서 독서

합니다. 책을 덮어 두고 길게 시비를 가린다는 말입니다. '쓰면서 읽기'는 시간이 많이 걸리는 독서법입니다. 쓸 것이 벅찰 정도로 다가오면 읽기를 그만둬도 괜찮습니다.

질문　한국 사람으로서 꼭 읽어야 할 국문학 작품들을 소개해 주십시오.

조동일　먼저 〈성덕대왕신종명聖德大王神鐘銘〉을 추천합니다. 현재 국립경주박물관에 있는 성덕대왕신종은 기술과 미술, 양면에서 뛰어난 가치가 있는 유물입니다. 그런데 이 종에 새겨 놓은 글도 소중한 문화재라는 점은 잘 알려지지 않았습니다. 이 명문에는 "눈으로 볼 수 있고 귀로 들을 수 있는 것들의 한계를 넘는 궁극의 진리를 깨닫게 하고자 종을 만들었다"라고 되어 있습니다. 보이고 들리는 세계에서는 대립과 갈등이 있어도 궁극의 질서는 온전하다는 뜻입니다. 네 자씩 짝을 맞춘 명銘에서는 자랑스럽기 이를 데 없는 신라라는 나라가 '합위일향合爲一鄕'해서 더욱 빛난다고 표현되어 있습니다. 신라가 백제와 고구려를 아울러 통일했음을 자랑스럽게 밝힌 것입니다.

　이 글을 지었다는 김필오金弼奧는 육두품 지식인입니다. 국가에서 아끼는 종의 명문을 진골이 아닌 그 하위직의 전문가가 짓도록 했습니다. 통일 이후 육두품 지식인이 명문을 적도록 했다는 것은 그만큼 사회가 크게 변했다는 뜻입니다.

　종의 내력에 관한 전설도 유명합니다. 종을 만드니 시주하라고 말하며 다니는 승려에게, 어떤 가난한 여인이 자신에게는 재산이 없어서 시주를 할 수 없고 줄 수 있는 것은 자기 딸뿐이라고 했습니다. 그

여인이 차마 딸을 바치지 못한 상태에서 종이 만들어졌는데, 이상하게도 종이 소리를 내지 않았다고 합니다. 결국 그 여인의 딸을 데려가 쇳물 가마에 넣고 다시 만들었더니 종소리가 났다는 것입니다. 국가에서 만든 종, 육두품 문인이 쓴 문장, 민중이 지어낸 전설이 저마다 성덕대왕신종과 관련된 셈인데, 이 이야기들이 상극하면서도 한편으로 상생하는 관계를 맺고 있습니다. 한문은 산스크리트, 아랍어, 라틴어 등과 함께 중세 문명을 이룩하는 문어였습니다. 공동 문어를 이용해 자국의 위업을 자랑하는 금석문은 어느 문명권에나 있었습니다. 산스크리트 문명권의 크메르와 한문 문명권의 한국이 최상의 본보기를 보여 주었는데, 국가의 위업을 자랑하는 금석문을 중국보다 먼저 한국에서 더욱 풍부하고 다채롭게 이룩했다는 것은 상당히 주목할 만합니다. 이 작품에서는 한문을 사용해 사실 위주의 비문에서 상징을 중시하는 비문으로 전화되는 과정이 나타나 무척 흥미를 끕니다.

두 번째로 일연一然의 《삼국유사》를 추천합니다. 《삼국유사》는 신이神異한 것을 역사의 중심에 놓고 이해한 책으로, 민중 사상을 존중하는 새로운 보편주의를 추구했습니다. 신이한 일들은 생각을 열어 주고 비약을 마련하는 구실을 합니다. 다른 나라에도 이와 성격이 유사한 역사서가 있지만 《삼국유사》처럼 수준 높은 원리를 갖추지는 못했습니다. 국가의 내력을 다룬 역사서는 모두 통치자의 행적을 칭송합니다. 그러나 《삼국유사》에는 통치자가 아닌 일반 사람들도 다수 등장하고, 정치의 범위에서 벗어나 삶의 의미를 다양하게 다룹니다. 위대한 군주뿐만 아니라 무명의 승려나 하층 민중도 신이를 발현할 수 있는 존재로 그려진 것입니다. 즉 누구나 자기에게 잠재된 신이를 알아차리고 각성의 주체가 될 수 있다는 보편적 원리를 제시한다고 볼 수 있습니다.

세 번째로 추천할 작품은 박종朴淙의 〈백두산유록白頭山游錄〉이라는 기행문입니다. 한국인은 산을 숭앙해 왔습니다. 특히 고려 후기에는 금강산을 좋아하는 사람이 많았고, 조선 전기 영남의 사림파는 지리산에 특별한 애착을 가졌습니다. 백두산은 멀고 험한 산이라 가기 어려웠기 때문에, 백두산에 관한 작품은 대개 멀리서 바라보면서 느낀 것을 적은 것입니다. 1764년에 박종은 백두산에 열두 번이나 올랐다는 사람의 안내를 받고, 험준한 길을 개척해 가면서 마침내 정상에 올라 천지를 봅니다. 그 과정이 이 작품에 잘 담겨 있습니다. 백두산 주변에 살던 사람들은 지체 높은 유람객이 찾아오면 그 수발을 드느라 시달렸습니다. 그 탓에 산중 백성들은 비경을 좀처럼 공개하지 않으려고 했는데, 작자는 쉽게 물러나지 않는 성미 때문에 깊숙한 곳까지 들어갑니다. 그는 이 탐험에서 산 밑 곳곳에 농사짓고 사냥하며 장사도 하는 백성들이 꿋꿋한 자세로 오지를 개척하는 모습을 봅니다. 또 장사꾼들이 원시림을 헤치고 길을 내며 강 건너 중국 땅으로까지 왕래하는 것을 알게 되었습니다.

박종은 백두산 유람 3년 뒤에 칠보산을 찾아 〈칠보산유록七寶山遊錄〉을 지었습니다. 그다음 해에는 경주에 찾아간 내력을 〈동경유록東京遊錄〉에 적습니다. 함경도 선비였던 박종은 변방에 밀려나 출세의 길이 막혀 울울한 소회가 있었고, 이런 마음을 풀기 위해 여행을 자주 다녔습니다. 그는 우리나라에 처음 등장한 본격적 기행문 작가라고 할 수 있습니다. 그의 작품은 18세기 우리나라 여러 곳의 모습을 생생하게 확인하는 데 큰 도움이 되고 있습니다.

네 번째로는 최한기崔漢綺의 《기학氣學》을 추천합니다. 이 작품은 글을 어떻게 읽고 쓸 것인가에 관한 근본 문제를 해결하는 지침을 담고 있습니다. 이 작품은 다소 철학적인데, 철학은 난해하다는 선입견을 떨치고, 학문과 교육을 논하는 데 필요한 내용을 쉽게 서술했습니다. 최한기는 "옛사람의 책을 읽는 것은 지금 살아가고 학문을 하는 데 도움을 얻고자 하기 때문이다, 빠지면서 읽으면서 그대로 받아들이지 말고 따지면서 읽으면서 타당성을 검증해야 한다, 독서보다 체험이 진실을 판정하는 더욱 확실한 근거다, 체험에서 얻은 진실을 가다듬고 되돌아보며 시비를 가리고 일반화하기 위해 독서라는 수단이 필요하다"라고 했습니다.

옛사람이 말한 바가 자기 체험과 합치되면 그 내용을 자기 것으로 할 수 있습니다. 소유주가 따로 없는 보편적 진실을 체험의 내용과 의미를 확고하게 인식하면서 보충하고 비판하는 데 쓰는 것입니다. 체험한 바와 어긋나 납득할 수 없는 것은 버려야 합니다. 이것이 따지면서 읽기입니다.

다섯 번째로, 곽주郭澍의 아내 진주 하씨晉州河氏의 무덤에서 나온 편지를 추천합니다. 근래 옛 무덤을 이장할 때 무덤 안에 넣어 둔 국문 편지가 가끔 발견되고 있습니다. 옛날에는 묘의 주인이 지인들과 평소 주고받은 편지를 그 주인과 함께 묻은 일이 많았습니다. 경상북도 고령군 현풍에서 나온 곽주의 아내 하씨의 무덤을 이장할 때 발견된 편지는 149통이나 됩니다. 이 편지는 《현풍 곽씨 언간 주해》에 잘 정리되어 있습니다. 이 책에는 1602년(선조 35)에 곽주가 장모에게 보낸 편지, 1646년(인조 24)에 넷째 아들 형창이 어머니 하씨에게 보낸 편지 등 40여 년 동안 그 집안에서 오간 편지가 수록되어 있습니다. 이 편지들은 우리나라 한글 편지 연구의 좋은 자료입니다.

여섯 번째로는 구강具康이 쓴 가사 〈북새곡北塞曲〉을 비롯한 여러 작품을 추천합니다. 구강은 평범한 사람이었습니다. 일찍 문과에 급제하고 여러 곳의 지방관과 암행어사를 역임한 뒤 공조참의·대사간으로 승진해, 경력만 보면 큰 어려움을 겪지 않은 것 같습니다. 그런데 그가 남긴 가사 14편은 참신한 발상과 다채로운 표현을 갖추어, 작가의 삶에 표면과 이면이 따로 있지 않았을까 생각하게 됩니다.

그는 첫 작품 〈황계별곡黃溪別曲〉을 지은 18세 때부터 75세에 〈기수가耆叟歌〉를 지을 때까지 평생토록 가사 창작에 힘썼습니다. 작품 창작 시기가 모두 밝혀져, 삶의 중요한 고비마다 경험하고 생각한 바를 가사로 나타냈다는 것을 알 수 있습니다.

일곱 번째로는 이세보李世輔의 시조집인 《풍아風雅》를 추천합니다. 이세보는 철종哲宗과 육촌 사이였지만 안동 김씨 세도 정권의 미움을 사서 고종高宗이 즉위하는 1863년까지 3년 동안 유배 생활을 하다가 겨우 벼슬길에 올라 공조·형조 판서를 역임했습니다. 근래에 《풍아》를 비롯한 저작이 발견되어 그가 시조를 무려 459수나 남겼다는 사실이 알려졌습니다. 그의 시조는 작품 수에서 누구도 따를 수 없는 우뚝한 위치를 차지할 뿐만 아니라, 경향이 다양해서 더욱 주목됩니다. 그는 젊은 시절에 시조창을 하는 사람들과 어울려 놀면서 익힌 수법을 다채롭게 활용했습니다. 그가 남긴 애정 시조는 기녀들과 가까이하면서 주고받던 사연이라고 할 수 있습니다. 또 청나라에 다녀오고 국내 여행을 하면서 얻은 소재로 창작한 기행 시조는 새로운 영역을 개척 했다고 평가할 만합니다.

그는 남해 고도에서 유배 생활을 하면서 쓰라린 마음을 《신도일록 薪島日錄》에 실린 시조에 담았습니다. 사회의 최상층에서 밑바닥으로 밀려나 시달리며 번민하다가 세상을 새롭게 인식하는 시조를 짓게 된 것입니다. 그는 세도 정치 시기에 나라의 기강이 무너져 내리는 현실 을 직접 목도한 후 하층민의 삶을 다루는 시조를 지었습니다.

여덟 번째로 《보은기우록報恩奇遇錄》을 추천합니다. 작자와 창작 연 대를 알 수 없는 이 소설에는 아버지와 아들 사이의 긴박한 대결이 펼 쳐집니다. 아버지가 보수적이고 아들이 진보적인 게 아니라, 오히려 그 반대인 점부터 예사롭지 않습니다. 아버지는 장사에 힘쓰고 고리 대금도 해서 돈을 모았습니다. 하늘의 도리니 인류의 명분이니 하는 것들은 우습게 여기고 놀부처럼 금전의 이익만 존중했습니다. 그런데 아들은 흥부보다 더 선량하고 영웅소설의 주인공처럼 온통 미화되어 있습니다. 아버지는 자기를 따르지 않는 아들을 가까스로 설득해 꾸 어준 돈 받는 일을 가르치려고 멀리 보냈는데, 아들은 생각이 달랐습 니다. 아들은 맡은 일을 버리고 도망쳐, 자기가 하고 싶은 대로 글공 부나 하고 시나 지으며 입신하는 길로 갔습니다. 아버지는 이익을, 아 들은 도리를 강경하게 주장하며 조금도 양보하지 않아 충돌이 계속되 다가 아버지가 아들을 죽이려고 하는 데까지 이릅니다. 이익을 추구 하는 상인과 도리를 숭상하는 선비가 현실주의냐 이상주의냐 하면서 벌이는 싸움이 현실주의가 승리하는 방향으로 진행되다가 결말에서

역전됩니다. 아버지가 첩의 모해 때문에 죽을 고비를 겪고 아들의 효
심에 감동해 선인으로 바뀐 것입니다.

이 작품은 기본 설정이 일본 이하라 사이카쿠井原西鶴의 《고쇼쿠이
치다이오토코好色一代男》, 독일 괴테Johann Wolfgang von Goethe의 《빌헬름
마이스터의 수업시대Wilhelm Meisters Lehrjahre》와 일치합니다. 일본에서
는 조닌町人, 독일에서는 뷔르거Bürger, 한국에서는 위항인委巷人으로
불리던 초창기 시민의 화폐경제활동이 다소 순조롭지 않았음을 아들
의 반발을 통해 드러내는 흥미로운 작품입니다.

마지막으로 제주도의 〈송당본향당본풀이〉를 추천합니다. 제주도에
는 마을 신당에서 섬기는 신의 내력을 신방이라고 하는 무당이 노래
로 풀어내는 풍속이 있습니다. 당본풀이라는 노래는 바로 그 무당이
노래하는 구비 서사시입니다. 이 노래 가운데 탐라국 건국 서사시라
고 할 것도 있습니다. 《고려사高麗史》에서는 고을나·양을나·부을나
가 땅에서 솟아나 사냥을 하면서 살다가, 일본국 공주라는 세 처녀가
그 아버지의 명으로 바다를 건너오자 이들과 혼인해 부부가 되었다고
합니다. 일본국 공주들이 마소와 곡식의 씨앗을 가지고 왔기 때문에
고을나, 양을나, 부을나도 농사를 짓게 되었습니다. 그런데 〈송당본향
당본풀이〉는 여성 시조들도 사실은 남성 시조들처럼 땅에서 솟아났으
며 스스로 제주도에 건너와서 배필을 구했다고 합니다. 그리고 태어
난 아들이 아버지의 미움을 사서 버림받아 무쇠 상자에 실린 채 바다
에서 표류하게 되었답니다. 아들들은 이 시련을 이겨 내고 귀환해 도
망친 아버지의 통치권을 장악했다고 합니다.

세 여자가 일본 공주이고, 이들이 아버지의 분부로 제주에 왔다는

내용은 후대 사람들이 넣었을 것입니다. 그런데 부모의 만남에 이어서 자식의 출생을 언급하는 것은 고조선이나 부여·고구려계 건국신화와 공통된 설정입니다. 또 자식을 상자에 넣어 바다에 버리는 장면은 탈해脫解의 경우와 일치하는 것으로 고대 국가의 영웅서사시에 자주 나타납니다. 세계를 돌아보아도 고대 영웅의 일생을 말하는 서사 단락을 이만큼 온전하게 갖춘 유산을 찾아내기 어렵습니다. 이 설화에는 작은 나라인 탐라국이 다른 나라와 같은 과정을 제대로 밟아 세워졌다고 추측할 만한 내용이 담겨 있습니다.

질문   외국 문학작품 중 꼭 읽었으면 하는 작품들이 있으면 소개해 주십시오.

조동일   먼저 《우파니샤드Upanishad》를 소개합니다. 인도에서는 오랫동안 《베다Veda》라는 신앙시를 전승하다가 그것과는 다른 《우파니샤드》가 나타났습니다. 《베다》는 예배를 위한 시이고, 《우파니샤드》는 철학적 명상을 종교적 수행의 방법으로 삼은 시입니다.

    《우파니샤드》는 단일한 저술이 아닙니다. 200개가 넘는 것이 모두 작자 미상이고, 지어진 연대도 확실하지 않습니다. 이 중 일찍 만들어진 것과 나중에 지어진 것들 사이에는 상당한 차이가 있습니다. 일찍 만들어진 것들은 여럿을 한데 모았기 때문에 길이가 길고 산문을 사용하기도 했지만, 나중 것들은 일관된 구성을 갖춘 단일 작품이며 대개 시입니다. 또 처음에는 신화에서 철학으로 나아가는 자취를 보여주다가 신화를 부정하는 철학이 뚜렷하게 부각된 변화가 확인됩니다. 신화를 존중하는 쪽에서는 모든 것을 하나로 포괄하는 원리를 찾는

데 관심을 두지 않고, 외계의 사물과 인간의 신체 활동을 각기 관장하는 여러 신을 섬기는 재래 신앙을 복잡한 종교 의례를 통해 이어 나가려고 했습니다. 그래야만 신들의 가호를 입어 사람이 행복을 누릴 수 있다고 했습니다. 하지만 철학을 원하는 쪽에서는 잡다한 것들이 혼재한 허상의 이면에 있는 하나의 궁극적인 원리를 스스로 깨닫는 것이 구원의 길이라고 했습니다. 이 두 주장의 논란을 다룬 책이 《카타 우파니샤드Katha Upanishad》입니다.

《우파니샤드》의 시는 신앙시가 아닌 사상시입니다. 그러나 사상의 내용을 설명하기보다는 이치의 근본에 관해 명상해서 얻은 깨달음을 나타내는 데 더욱 힘쓴 흔적이 보입니다. 그래서 서정시의 영역에 들어섰다고 이해되는 것도 적지 않습니다. 후대의 인도 시인들은 거기 있는 사상을 표현법과 함께 이어받으면서 깊은 사상이 담긴 서정시를 이룩해 온 것입니다.

두 번째로 추천하는 것은 중국 도연명陶淵明의 시입니다. 중국 문화는 화려한 기풍의 궁정문학을 중시했습니다. 이런 경향에 반발하면서 소박한 삶을 소중하게 여기고 내면의 만족을 찾는 산야문학山野文學이 동아시아 중세 문학의 중요한 흐름을 이루게 되는데, 산야문학의 연원을 마련한 사람이 바로 5세기 초의 도연명입니다. 그는 하급 관원으로 일하다 관직을 버리고 향리로 돌아가면서 〈귀거래사歸去來辭〉를 지었습니다. 그는 벼슬길을 '먼지 덮인 세상 그물'이라고 표현하고, 그 속에서 이루어진 문학의 기풍을 '속된 가락'이라고 지적했습니다. 자기는 그쪽에서 뜻을 펼 수 없고 편안함을 느끼지 못해, 전원으로 돌아가서 산을 벗 삼아 농사짓는 생활을 하겠다고 했습니다.

우리나라는 미국의 교육 방침을 선진적인 것으로 생각해서 모국어를 도구 과목으로 대하고 있습니다. 그러다 보니 문학이 조명을 받지 못하게 되었습니다. 읽고, 쓰고, 말하는 훈련만 전문적으로 하는 쪽으로 교과서가 만들어진 것입니다. 국어는 문화 과목으로 받아들여야 합니다. 그래야만 우리 문화를 제대로 계승할 수 있습니다.

궁정문학과 산야문학은 당나라의 문학에서 하나로 모아졌습니다. 다른 문명권의 경우 중세 전기에는 궁정문학만 하다가 중세 후기에 들어서야 산야문학의 반론이 일어났는데, 한문 문명권에서는 그 둘이 중세 전기에 이미 공존해 문학의 수준을 높이는 데 큰 구실을 했습니다.

세 번째로 추천하는 것은 티베트의 서사시 〈게사르Gesar〉입니다. 이 서사시는 12세기에 만들어졌습니다. 당시 티베트는 분열되어 안으로 내전이 계속되었고, 밖으로는 외적의 침략을 물리칠 능력을 상실했습니다. 그래서 사람들은 강력한 통일국가를 이룩해 자기들을 보호하고 나라를 지킬 군주가 나타나기를 갈망했습니다. 게사르는 티베트를 통일해 강력한 국가를 건설한 손챈감포Srong-btsan-sgam-po 같은 실제 영웅을 희구해 만들어 낸 존재라고 할 수 있습니다.

게사르는 티베트 백성을 지켜 주고, 풍요롭고 행복하게 살도록 하는 임무를 수행합니다. 이 점에서 게사르는 티베트 건국 서사시의 주인공이라고 할 수 있습니다. 그는 '애민愛民'을 내세우는 중세적 통치자의 모습을 보여 줍니다. 그는 정벌하지만 통치하지는 않고, 정벌한 곳에서 전리품을 가져와 티베트 백성들을 행복하게 하는 데 썼다고 합니다.

네 번째로는 이란의 시인인 루미Jalāl ud-dīn Muhammad Rūmī의 작품을 추천합니다. 이란은 시 창작의 유산이 풍부한 나라입니다. 아랍어로 된 이슬람 사상과 문학을 받아들여 페르시아어 시로 재창조한 성과가 주목할 만한데, 이런 성과를 대표하는 13세기의 루미는 3만 편이나 되는 서정시로 주체와 객체의 신비스러운 결합을 노래해 유명합니다.

그의 작품 〈정신적인 마트나비Mathnavi-ye Ma'navi〉는 장편 교술시로서 모두 6권 2만 7000여 대구로 다양한 비유를 사용하며 깊은 경지에 이른 이슬람 사상을 흥미로운 이야기에 담고 있습니다.

다섯 번째로는 단테Alighieri Dante의 《신곡La divina commedia》을 추천합니다. 14세기 초 이탈리아에서 그가 지은 《신곡》은 형식상 서사시이지만 내용면에서는 교술시입니다. 이 작품은 수많은 실제 인물이 사후에 어떤 처우를 받고 있는지 언급하면서 그 행실을 평가하는 방식으로 가치관 문제를 논했습니다. 이 작품에 저승이 지옥·연옥·천국으로 이루어지고, 이 셋이 연속된다고 적혀 있습니다. 이런 생각은 전부터 있던 것이 아닙니다. 연옥은 양단논법을 배제하고 선악의 중간을 인정하는 사고에서 나온 개념입니다. 이 개념은 인간의 정신이 저열한 데서 고귀한 데로 나아가는 과정에 만들어진 단계입니다. 이 단계를 설정한 후에 이성과 신앙이 연결되고 분리되는 관계를 논했다는 것이 이 작품의 특징입니다.

여섯 번째로 추천하는 작품은 셰익스피어William Shakespeare의 《햄릿Hamlet》입니다. 셰익스피어는 상하 계층의 관객을 함께 상대하는 상업 극단의 대본을 써야 하는 처지라서 고답적인 자세를 취할 수 없었습니다. 그는 비극의 엄격한 규칙을 따르지 않고, 비극과 희극을 함께 창작하면서 자기 시대의 문제를 폭넓게 다루었습니다. 비극을 쓰면서 극작가가 지켜야 할 규칙에서도, 주인공이 따라야 할 의무에서도 벗어나 있었기 때문에 근대를 향해 한 걸음 더 다가왔던 것으로 보입니다.

일곱 번째로는 발자크Honoré de Balzac의 《종매 베트La Cousine Bette》를

추천합니다. 1846년에 발표된 이 작품은 시민이 등장하는 과정을 그렸습니다. 그런데 혁명을 통해 승리한 시민은 원래의 출발점인 민중의 처지로 되돌아가게 될까 염려되고, 민중의 도전을 받을 위험성이 있어 불안하기만 했습니다. 또 남녀 관계는 한층 복잡해졌습니다. 한 여자와 여러 남자의 관계가 거리낌 없이 벌어져 삼각관계가 중첩되는 일도 많았습니다.

발자크는 자기가 체험한 사회의 모습을 있는 그대로 그리는 데 그치지 않고, 그 이면을 투시해 작품을 구성했습니다. 그는 모든 변화와 혼란의 원인을 제공하는 것이 있음을 알아차렸는데, 그것은 바로 '돈'이었습니다. 동시대의 다른 작가들은 아직 알아차리지 못해 문학에 등장시키지 못한 돈을 그는 본격적으로 다루었습니다.

여덟 번째로는 톨스토이Lev Nikolaevich Tolstoy의 《전쟁과 평화Voyna i mir》를 추천합니다. 《전쟁과 평화》는 프랑스의 침공에 맞선 러시아의 투쟁을 다룬 거대한 규모의 역사소설입니다. 그는 거국적인 투쟁의 과정에서 개개인의 삶이 어떤 의의를 가지는가를 다각도로 고찰했습니다. 국가의 위기 상황에서 여러 등장인물이 자기 나름대로 절실한 과제를 안고 고민하면서 모순과 허위를 빚어내는 모습을 생생하게 그렸습니다.

침략군의 지휘자 나폴레옹과 구국의 영웅 쿠투조프가 양극을 이루고, 그 사이에 가공인물이 많이 등장합니다. 안드레이나 피에르 같은 귀족이 쿠투조프의 지휘를 받아 나라를 지키는 주역 노릇을 한다고 자부하다가 막상 전투가 시작되자 이름 없는 병사들이 커다란 힘을 발휘한다는 사실을 발견합니다. 이름 없는 병사와 민중이 역사의 방향을 바꿀 수 있음을 깨닫는 것이 이 작품의 도달점입니다.

아홉 번째로는 세네갈 시인 셍고르Léopold Sédar Senghor의 시를 추천합니다. 아프리카 프랑스어 시의 선구자인 셍고르는 아프리카 흑인의 정신적 자각을 고취하는 운동을 일으키고 그것을 '네그리튀드négritude'라고 불렀습니다. 그는 영국에 대항해 승리를 거둔 남아프리카 줄루족의 지도자를 칭송한 〈샤카Chaka〉라는 시를 통해 피압박 민족의 투쟁을 그렸습니다. 그는 이 작품에 이렇게 썼습니다.

> 사방의 모든 나라가 이중의 쇠창살로 감금되어 있는 것을 나는 보았다.
> 남쪽의 백성이 개미 떼처럼 묵묵히 노동하고 있는 것을 나는 보았다.
> 노동은 신성하지만, 이제는 자랑스럽지 않다.
> 계절의 노동을 하면서 북소리로도 목소리로도 장단을 맞추지 못한다.

샤카는 자기 민족의 투사만도 아니고, 아프리카의 영웅만도 아니며, 쇠창살에 감금되어 있는 '사방의 모든 나라'의 처지를 한눈에 보고 분노하는 존재입니다. 이런 시각은 〈샤카〉가 왜 세계적으로 의미 있는 작품인지 알게 하는 중요한 요소라고 할 수 있겠습니다.

마지막으로 나이지리아 작가 아체베Achebe의 《모든 것이 산산이 부서지다Things Fall Apart》를 소개합니다. 아체베는 1958년에 영어로 이 소설을 써서 제국주의를 적극적으로 비판하는 한편, 유럽 문학의 최고 걸작들을 넘어서는 발판을 마련하기 위해 아프리카의 구비문학을 적극 수용했습니다.

그는 영국이 기독교를 앞세워 아프리카 깊숙한 곳까지 세력을 뻗칠

때, 그에 굴하지 않고 전통적인 신앙을 받들면서 자존심을 지키려고 한 어느 주술사가 자살에 이르는 과정을 그렸습니다. 영국인이 보기에는 시대 변화를 거역하며 전통적 주술을 고수한 채 자살하는 것은 어리석은 짓입니다. 그러나 이 책은 주인공이 죽음에 이르는 과정을 상당히 설득력 있게 묘사하고 있습니다. 제국주의 침략에 대항한 전통문화의 가치가 잘 설명된 것이지요.

질문　이제 문학자로서 선생님의 삶에 대해 여쭙겠습니다. 선생님께서는 원래 불문학을 공부하다 국문학으로 전공을 바꾸신 것으로 알고 있습니다. 처음에 불문학과를 택하신 이유와 그 뒤 국문학에 뜻을 두신 이유를 알고 싶습니다.

조동일　제 고향은 경상북도 영양군 일월면 주곡리입니다. 그 시골에서 영양읍으로 진학한 뒤 다시 대구로, 서울로 진학했습니다. 1958년에 대학에 들어갈 때 불문과를 택하고 독서 여행을 멀리까지 갔습니다. 그때 보들레르가 노래한 프랑스의 음산한 가을 풍경이 마음의 고향이라도 되는 듯이 생각하기도 했습니다. 이런 착각에서 지적 우월감을 느끼면서 "촌에 남아 있는 벗들은 이 오묘한 세계를 모르리라. 그러나 나는 이미 떠났노라"라고 독백하기도 했습니다. 그런데 그것은 착각이었습니다. 시대 변화를 겪으면서 그 착각이 무너져 내렸습니다.

　1960년에 4·19혁명이 일어난 후 저는 '우리는 누구이며, 어디로 가야 하는가?'라는 의문을 스스로에게 던졌습니다. 그런 과정에 상징주의에서 초현실주의까지 나아간 불문학 공부에 깊은 회의를 느끼고 진로를 바꿔야겠다는 결단을 내렸습니다. '초현실주의와는 거리가 먼 우리 민요가 진정한 문학이다! 책을 던져 버리고 민요를 찾아 현장으로 가자! 민요를 전승하고 있는 시골 할아버지·할머니들을 스승으로 모시고 문학이 무엇인지 다시 배우자!' 이런 뜻을 실행하기 위해, 아직 불문과 대학원에 적을 두고 있던 1963년 8월에 몇몇 친구와 답사를 떠났습니다. 당시 새로운 경험에서 얻은 충격은 아직도 생생합니다.

새야 새야 북궁새야, 니 어디서 자고 왔노?
수양청청 버들가지 이리 흔들 자고 왔다.

그해 겨울 고향 마을에 갔을 때 동네 명창을 찾아 모내기 노래를 청해서 이런 사설을 들을 수 있었습니다. "니 어디서 자고 왔노?"는 마치 나를 두고 하는 말 같았는데, 상념이 복잡하게 얽혀 대답할 말이 없었습니다. 민요를 듣고 또 들으면서 따라 부르기를 오래 한 다음에야 "수양청청 버들가지 이리 흔들 자고 왔다."라고 가뿐하게 대답할 수 있게 되었습니다.

1964년에 국문과에 편입하고 구비문학을 전공하기로 작정했습니다. 대학원 시절에는 영동군, 제천군에서 조사 작업을 진행했습니다. 민요반에 동참한 후배들과 보은군을 다시 찾아 여러 마을에서 놀라운 자료를 채록하고 답사반 전체의 집결지인 속리산 법주사까지 걸어서 간 기억이 아직도 생생합니다.

그 뒤에 대구에서 교수 생활을 한 것이 커다란 행운이었습니다. 구비문학 자료가 풍부하게 전승되고 있는 경북 일대를 쉽사리 드나들 수 있었기 때문입니다. 1968년부터 1981년까지 계명대학교, 영남대학교에 재직하면서 구비문학 현지 조사를 일거리로 삼아 관련 이론을 정립했습니다. 그 결과로 1970년에 《서사민요연구》를 써낼 수 있었습니다. 그 후 《인물전설의 의미와 기능》, 《동학 성립과 이야기》 등을 펴내 연구 시야를 조금 더 확대해 나갔습니다.

질문 　선생님께서는 《한국문학통사》, 《한국 소설의 이론》 등 여러 저서를 통해 한국 문학 연구의 금자탑을 쌓고 영역을 끝없이 확장하면서 한국문학자로서 세계문학사 집필이라는 거대한 과업에 도전하셨습니다. 문학자로서 선생님의 삶과 성취에 대해 들려주십시오.

조동일 　저서가 조금 많은 편입니다. 스스로 되돌아볼 때 책을 많이 쓴 것은, 우선 하고자 하는 말을 압축할 능력이 모자라기 때문이라고 할 수 있겠습니다. 사실 《문학연구방법》이라는 책은 예외라고 할 수 있어서, 얼마 되지 않는 분량에 많은 사연을 함축했습니다. 공연한 시비나 장황한 논증을 피하고 스스로 따지고 깨달은 바만 간추려 제시하려고 했는데, 그때 얻은 통찰력이 무뎌져서 다른 책에서는 공연히 길게 썼다고 할 수 있습니다.
　《세계문학사의 전개》라는 책도 펴냈는데, 이 책은 오래 계획하고 준비하는 단계를 거쳐 얻은 성과입니다. 《문학연구방법》과 《세계문학사의 전개》는 여러모로 대조가 되는 책입니다. 하나를 선종禪宗에 견줄 수 있다면, 다른 하나는 교종教宗에서 하는 것과 같은 작업을 했다고 할 수 있겠습니다. 깊이 숨어 있는 이치를 찾아내자는 것과 이 세상 끝까지 가 보겠다는 것은 방향 설정이 상반됩니다. 이 두 책 중 어느 하나만으로 만족할 수 없습니다. 《문학연구방법》덕분에 《세계문학사의 전개》를 쓸 수 있었다고 할 수 있습니다. 앞에서 막연하게 생각하던 작업을 뒤에서 밀고 나간 것입니다. 두 책을 견주어 보면 긴밀한 연관과 함께 현저한 차이가 있습니다. 작품 이해에서 시작해 문학사로 나아가던 체계가, 문학사가 작품론이 되게 하는 쪽으로 바뀌었습니다. 부분의 대립적 총체에 관한 논의가 생극론이라는 이름으로 정립되었습니다. 문학 자체에 대한 관심이 역사와 철학을 포함하는 총체적인 인식으로 확대되었습니다. 한평생 할 수 있는 학문 창조 작업을 저 나름대로는 후회 없이 진행해 왔습니다.

한편 저는 한국문학의 실상을 소상하게 파악하려고 구비문학을 찾아다녔습니다. 민요, 설화, 탈춤, 판소리 등 구비문학을 근거로 한국문학을 새롭게 이해하는 관점을 마련하고 싶었기 때문입니다. 그렇게 해서 《한국문학통사》를 펴냈습니다.

저는 공부를 하면서 학문의 대외 의존을 비판하고 스스로 창조해 세계에 내놓는 연구를 하자고 주장했습니다. 《우리 학문의 길》은 우리 사회의 그릇된 학풍과 불합리한 여건에 대해 다각적인 비판을 전개하고 대안을 제시하자는 주장을 담았습니다. 또 한국문학사 연구에서 얻은 성과를 확대해 동아시아 문학사를 총체적으로 이해했고, 이에 기초해 중세 문학 재인식에 힘쓴 저술 3부작을 펴냈습니다. 그 첫 권이 《하나이면서 여럿인 동아시아 문학》인데, 이 책에서 한시와 민족어시의 상관관계를 동아시아 여러 민족의 경우를 비교해 고찰했습니다.

《소설의 사회사 비교론》에서는 소설의 사회사에 관한 다각적인 논의를 한국에서 동아시아로, 동아시아에서 세계 전체로 확대하려고 했습니다. 소설 이론의 유럽 문명권 중심주의를 벗어나도록 세계 도처에서 많은 예증을 가져다 세계 소설 일반론을 전개했습니다.

정상에 오른 다음에는 하산해야 하듯이 제게도 하산길이 남아 있는데, 반드시 하고 싶은 작업이 조금 있습니다. 문학사의 새로운 이해를 위해 지방문학사를 연구하는 것과 지금까지 한 연구를 재론해 잘못을 바로잡는 일입니다.

질문 세계문학 속에서 한국문학의 위치와 구실에 대해 누구보다 많이 연구하셨습니다. 어려우시겠지만 몇 가지로 요약해 말씀해 주시길 바랍니다.

조동일 한국문학과 세계문학의 관계를 논할 때는 구비문학, 공동 문어 문학과 민족어 문학, 근대 민족문학에서 한국문학이 보인 특징을 살펴볼 필요가 있습니다.

먼저 문학이 시작되고 발전된 구비문학을 보면, 한국은 기록문학이 발달하고 근대화가 많이 진행되었으면서도 구비문학의 유산이 풍부합니다. 원시시대의 구비문학에서 오늘날의 기록문학까지 세계문학사가 전개된 과정을 해명하는 데 필요한 최상의 증거를 많이 갖고 있는 것입니다.

제주도의 〈서귀포본향당본풀이〉를 예로 들어 봅시다. 이 전설에 '바람의 신'이 못난 본부인을 버리고 아름다운 첩과 함께 제주도에 이르러 한라산에 올라가 사냥하며 사는 장면이 나옵니다. 그런데 이 광경을 우연히 목격한 사냥꾼이 반갑게 여겨 절을 하자, 이 신이 자기를 섬기라고 합니다. 사냥의 신이 스스로 사냥을 해서 사람들에게 모범을 보이고 사냥감을 번성하게 하자, 사람들이 이를 감사하게 여겨 신앙의 대상으로 삼았다는 내력이 담긴 전설입니다. 이것은 현재 우리나라에 전하는 원시 수렵민의 신앙 서사시 중 가장 앞선 것인데, 세계 문학사적으로도 이른 시기의 신앙 서사시인 셈입니다. 제주도의 〈김녕괴내깃당본풀이〉와 〈송당본향당본풀이〉는 그 뒤를 이어 나타난 고대 영웅서사시이고, 탐라국 건국 서사시도 오늘날까지 구전됩니다. 그런데 이런 구전이 신기하게 여길 것은 아닙니다. 이와 유사한 이야기가 세계 도처에 있기 때문입니다.

　구비 서사시 중에는 판소리도 있습니다. 판소리가 나타난 시기는 18세기 무렵이고 장소는 전라도였습니다. 판소리는 음악에서나 문학에서나 다양한 자료를 풍부하게 끌어들여 만들어 낸 다층적인 창조물입니다. '아니리'라고도 하는 판소리의 사설은 다면적인 특성과 의미가 있는데, 노래 부분인 창과 해설 부분인 아니리가 서로 다른 수작을 하고 유식한 문어체와 상스러운 구어체를 함께 사용하는 점도 주목할 만합니다.

질문　우리 문학의 의미를 넓은 시야에서 확인한 점이 흥미롭습니다. 공동 문어 문학과 민족어 문학 측면은 어떻습니까?

조동일　중국에서 한문을 받아들인 한국은 동아시아 한문 문명권의 일원이 되었습니다. 중국·한국·일본은 각각 한문 문명권의 중심부·

중간부·주변부입니다. 한국이 중간부이고 일본은 주변부라는 것을 보여 주는 가장 뚜렷한 증거는 과거제 실시 여부입니다. 한문학의 능력을 시험해 인재를 등용하는 과거제를 중국은 7세기부터, 한국은 10세기부터, 베트남은 11세기부터 실시했습니다. 그리고 일본은 끝내 받아들이지 않은 결과, 한문 구사 능력이 모자랐고 민족어 글쓰기를 일찍부터 발전시켰습니다.

중세 전기에 중국의 귀족 문인들이 공동 문어 문학의 가치를 한껏 높이면서 창작 규범을 확립하고 문명권 전체의 고전을 창조할 때, 한국·베트남·일본에서는 그것을 부러워하면서 배우고 따르려고 했습니다. 중세 후기로 전환할 때는 한국이 적극적으로 구실을 했습니다. 그 선두에 선 13세기 시인 이규보李奎報는 민족과 민중에 대한 인식과 표현을 한시로 표현했습니다.

명나라의 침공을 물리치고 주권을 되찾은 15세기 베트남에서는 투쟁의 주역 응우옌짜이Nguyễn Trãi가 한시를 혁신해 한자로 베트남어를 표기하는 국음시國音詩가 등장합니다. 같은 시기 한국에서는 독자적인 문자 훈민정음을 만들고, 왕조 서사시 〈용비어천가龍飛御天歌〉와 불교 서사시 〈월인천강지곡月印千江之曲〉을 지었습니다.

한국에서는 '가사'라고 하고 베트남에서는 '푸fu.賦'라고 하는 민족어 장시는 '인생을 어떻게 살아가야 하는가'를 주로 다룹니다. 이런 시를 교술시라고 하는데, 서정시와 교술시의 공존은 한국과 베트남에서만 나타나는 현상입니다. 일본에서는 중세 전기에 이미 공동 문어 문학보다 민족어 문학을 더욱 소중하게 여겨 《만요슈萬葉集》나 《겐지 모노가타리源氏物語》를 이룩했으나, 중세 후기 문학으로 전환하는 데는 다소 소극적이었습니다. 같은 시기에 중국과 한국에서도 소설의 시대가 시작되었습니다. 중국에서는 불만을 가진 지식인이 소설을 써서 하고 싶은 말을 했고, 한국 소설은 부녀자들이 즐겨 읽으면서 필사하는 동안 개작할 수 있는 것이었습니다.

중세에서 근대로 이행하는 시기가 요구하는 사상 각성을 민족어 문학보다 한문학에서, 일본보다 한국에서 한층 힘썼다고 볼 수 있습니다. 박지원朴趾源의 〈호질虎叱〉을 보면, 삶을 누리는 것이 선善이고 삶을 해치는 것이 악惡인 점에서는 짐승과 사람이 같다고 했습니다. 그런데 사람은 다른 생명체를 해칠 뿐만 아니라, 서로 못살게 구는 악행을 계속한다고 했습니다. 거짓된 글을 써서 천지 만물의 삶을 유린하는 거짓 선비를 규탄해야 마땅하다는 것이었습니다. 이는 근대 지향적 사고의 일면을 잘 보여 주는 예입니다. 박지원은 중국의 왕부지王夫之, 일본의 안도 쇼에키安藤昌益, 베트남의 레꾸이돈Le Quy Don, 한국의 홍대용洪大容과 생각을 함께하고 이를 설득력 있게 표현했습니다. 동시대 유럽에서도 볼테르Voltaire를 비롯한 여러 계몽사상가의 사상 혁신 작업이 진행되었습니다. 유럽이 근대를 먼저 이루고 제국주의 침략의 길로 나서기 전까지 동아시아는 유럽과 대등하게 보조를 맞추면서 함께 나아간 것입니다. 우리 문학사를 이렇게 세계문학사의 흐름과 비교해 살피는 것이 좋습니다.

질문　마지막으로 말씀하신 근대 민족문학 부분을 살펴보자면, 결론적으로 우리는 근대문학을 스스로 이룩하지 못하고 일본을 통해 받아들였습니다. 이 점이 우리 문학사에 어떤 영향을 끼쳤습니까?

조동일 그렇습니다. 근대문학을 스스로 이룩하지 못하고, 유럽 문명권의 세계 제패 때문에 침해를 당하면서 그쪽의 근대문학을 받아들여야 하는 것은 유럽 문명권 밖의 모든 민족이 겪는 고통이었습니다. 그런데 고통의 양상과 해결책은 저마다 달랐습니다. 일본은 '탈아입구脫亞入歐'를 표방하고 제국주의 대열에 가담했고, 중국은 반식민지 상태에서 내전을 겪었습니다. 한국은 동아시아 문명권의 이웃인 일본의 식민지가 되었습니다. 그래서 식민지 통치를 함께 겪은 다른 어느 민족보다 더욱 불행해졌습니다. 유럽의 근대문학을 일본을 통해 간접적으로 받아들여야 하는 탓에 이해가 깊을 수 없었던 것입니다.

근대문학의 간접 이식 때문에 생긴 차질은 심각합니다. 그러나 지금까지 작가들은 민족문학의 전통을 계승하고 근대문학의 자생적인 원천을 활용하는 방법으로 이 문제를 해결해 왔고, 이제는 나름대로 세계에 모범이 된다고 할 수 있는 민족문학을 이룩해 냈습니다.

사상과 언론의 자유가 없었기 때문에 식민지 시기에는 암시, 상징, 풍자 등의 방법으로 식민지 통치를 비판하고 민족 해방의 의지를 다지는 문학을 하는 것이 마땅한 대응책이었습니다. 당시에 전통적 율격을 변형·계승하면서 민족적 저항 의지를 담은 시가 많이 나왔습니다. 이상화李相和·한용운韓龍雲·김소월金素月 등의 작품이 그 예인데, 이렇게 널리 애송되는 시가 민족문학의 자랑스러운 유산으로 평가되는 것은 일본이나 중국에서는 볼 수 없는 일입니다.

일제강점기 말기에 옥사한 이육사李陸史와 윤동주尹東柱는 고결한 마음씨로 시대의 어둠에 휩쓸리지 않고 부끄러움 없이 살려고 했을 뿐입니다. 그런데 일제가 체포하고 감금해 사망에 이르게 함으로써 민족 해방 투쟁의 순교자 반열에 올려놓았습니다. 문학이 정치 노선이니 민족의식이니 하는 것보다 월등하게 높이 있음을 입증하는 주인공으로 만든 것입니다.

한편 근대소설을 확립한 염상섭廉想涉은 〈삼대〉에서 시대 변화와 함께 나타난 사고방식의 차이와 노선 투쟁의 심각한 양상을 어느 한쪽에 서지 않으려고 하면서 다면적으로 그렸습니다. 강경애姜敬愛는 〈인간문제〉에서 지주의 수탈에 견디다 못한 소작인이 도시로 나가 공장노동자가 되어 공장주를 상대로 더욱 거센 투쟁을 벌이지 않을 수 없게 되는 과정을 그렸습니다. 또 채만식蔡萬植은 〈탁류〉에서 마음씨가 선량한 탓에 험악한 현실에 바로 대처하지 못하는 가련한 여인의 운명을 그리면서 의식이 깨어나는 것을 암시하는 작업을 전개했습니다.

식민지 통치에서 해방된 뒤에는 남북으로 분단되고, 양쪽 작가들이 교류하지 못한 채 서로 다른 문학을 했습니다. 그러나 민족사의 전개를 서사시나 역사소설에 담으려는 공통 경향이 나타났습니다. 북쪽 조기천趙基天의 〈백두산〉과 이기영李箕永의 〈두만강〉, 남쪽 신동엽申東曄의 〈금강〉과 박경리朴景利의 〈토지〉가 그런 작품입니다.

이런 근대 민족문학과 앞서 얘기한 구비문학, 공동 문어 문학과 민족어 문학 등 세 가지 측면에서 본 한국문학은 세계문학사를 실상대로 깊이 이해하는 데 크게 도움이 되는 구체적인 증거들입니다. 이 모든 문학을 구비한 곳은 한국뿐입니다. 한국문학을 제대로 알아야 세계문학을 올바르게 이해할 수 있다고 주장해도 좋을 것 같습니다.

질문   끝으로, 국어 공부와 교육에 관해 문학계의 어른으로서 한 말씀 해 주시기 바랍니다.

조동일   국어를 문화 과목이 아닌 도구 과목으로 만든 것은 크게 잘못된 일입니다. 이것은 미국을 따른 결과입니다. 미국은 영국과 함께 영어의 본고장이지만, 영어가 국어도 공용어도 아닙니다. 영어를 미국의 유일한 공용어로 한다고 연방헌법에 명시하려는 발의가 계속 있었지만 통과되지 않았습니다. 영어를 공용어나 국어로 법제화하지 못하는 것은 영어가 아닌 다른 언어를 모국어로 하는 사람들의 인권을 침해할 위험성 때문입니다. 영어가 모국어인 영국에서는 학교에서 배우는 영어가 문화 과목입니다. 영어를 통해서 영국의 민족문화를 이어받기 위해 영문학 공부를 열심히 합니다. 국어가 있는 다른 모든 나라에서도 국어는 문화 과목입니다.

도구 과목은 읽고, 쓰고, 말하는 방법을 연마하는 것을 중시하지만 문학에는 관심을 두지 않습니다. 우리나라는 미국의 교육 방침을 선진적인 것으로 생각해서 모국어를 도구 과목으로 대하고 있습니다. 그러다 보니 문학이 조명을 받지 못하게 되었습니다. 읽고, 쓰고, 말하는 훈련만 전문적으로 하는 쪽으로 교과서가 만들어진 것입니다. 국어는 문화 과목으로 받아들여야 합니다. 그래야만 우리 문화를 제대로 계승할 수 있습니다.

인간의 본성을
탐구하는

철학

Philosophy

송영배

중국의 역사 변동을 유교적 관료주의와 토지의 사유화에 초점을 맞추고 새롭게 분석한 학자다. 중국 허베이대 출판부가 '문명과의 대화'라는 주제로 선정한 세계 10대 저서인 《동서 철학의 교섭과 동서양 사유 방식의 차이》를 저술했다. 서울대 철학과를 졸업한 뒤 국립타이완대와 독일 프랑크푸르트대에서 석사·박사 학위를 받았다. 독일에서 민주화운동을 하다 1982년에 귀국해 한신대와 서울대에서 후학을 양성했다.

대담―최병택(공주교육대학교 초등사회과교육과 교수)

질문　철학을 비실용적인 학문의 대명사처럼 말하는 경우가 많습니다. 선생님께서 철학을 공부하는 이유를 설명해 주시면 좋겠습니다.

송영배　철학은 더 좋은 삶을 살기 위해 공부하는 학문입니다. 누구나 세상과 자신의 존재에 대해 한 번쯤 의문을 갖게 됩니다. 우주가 어떻게 만들어졌는가, 인간이 어떤 존재이며 어떻게 살아가야 하는가를 스스로 물어본 적이 있을 겁니다. 이 질문의 답을 찾아 가는 과정은 한 인간의 세계관과 가치관이 그 모습을 갖추어 가는 중요한 여정입니다. 철학은 바로 이런 근본적 물음에 대한 탐구에서 시작된 학문입니다.

　'철학'을 뜻하는 영어 '필로소피philosophy'는 '사랑한다'는 뜻의 '필로스philos'와 '지혜'를 뜻하는 '소포스sophos'가 합쳐진 말입니다. 지혜를 사랑하는 마음에서 시작하는 학문이 곧 철학이라는 의미가 담겨 있는 것입니다. 고대 서양 사람들은 철학이 '지혜나 지식을 추구하는 과정이며 궁극적 실재 혹은 사물의 가장 일반적인 존재 원칙에 대한 인간의 인식을 다루는 학문'이라고 생각했습니다.

자연과학은 지식을 추구하는 과정에서 엄격한 논증을 중시합니다. 옛날 철학자 중에는 과학이 지향하는 실증이 철학의 사유 체계와 유사하다고 보는 사람도 있었습니다. 그들은 철학자들이 자연과학적으로 논증할 수 없는 애매한 논제들을 다루는 것이 바람직하다고 생각했습니다. 그런데 철학은 분명히 자연과학과 다릅니다. 자연과학이 추구하는 지식과는 다른 그 무엇을 추구하기 때문입니다. 자연과학자는 자신이 얻어 낸 지식들의 가치를 판단하지는 않습니다. 과학적 지식에는 선과 악의 구별이라든지 아름다움에 대한 형이상학적 고민들이 명시적으로 포함되지 않습니다. 반면, 철학이 추구하는 '지혜'는 인간과 세계에 대한 이해 체계를 만들면서 그 의미를 탐구하는 '가치 판단' 과정에 더 깊어집니다.

헤겔Georg Wilhelm Friedrich Hegel은 "애초에 모든 개인은 자기가 살고 있는 시대의 자식이며 철학도 자신의 시대를 사상적으로 파악하는 학문이다. 철학은 동시대의 세계를 넘어서서 이루어질 수 없다. 어떤 개인이든지 자신이 살고 있는 시대를 뛰어넘어 존재할 수 없듯이 철학도 그렇다."라고 했습니다. 철학은 인간이 현재 살고 있는 사회와 그곳에 몸담고 있는 인간 자체에 대해 고뇌하는 학문이라서, 시대에 따라 항상 새로운 의미를 담게 되는 것입니다. 이런 점에서 철학은 현실과 상관없는 먼 세계의 일을 다루는 공상이 아니라, 바로 우리 시대 인간의 문제를 다루는 아주 실제적인 학문입니다.

질문　햇빛이나 공기 없이 살 수 없으면서도 그것들에 대한 고마움을 잊듯이, 철학이 워낙 기초적인 학문이다 보니 오히려 부당한 대우를 받는 것 같습니다. 철학을 공부할 때 필요한 태도가 있다면 어떤 것입니까?

송영배　철학 공부는 개념과 언어를 명료하게 쓰는 데서 시작합니다. 철학적으로 사유하는 것은 결국 명료하고 정밀하게 사유하는 것을 의미하기 때문입니다. 개념을 명료히 하기 위해 노력하는 과정에서 논리가 만들어지고, 이것이 지식에 대한 분별력으로 이어집니다.

칸트Immanuel Kant는 이런 과정을 설명하기 위해 "나는 무엇을 아는가?"라고 물어볼 필요가 있다고 역설했습니다. 이 질문은 "인간은 외부의 실재를 어떻게 인식하게 되는가, 그런 인식이 '참'이라고 확신하는 이유는 무엇인가?"라는 의문으로 연결되며, 궁극적으로는 신의 존재 여부에 대한 질문으로 이어집니다. 언뜻 보기에는 이런 질문들이 이해하기 어려운 것 같습니다. 하지만 사실 우리 모두가 자기만의 답을 갖고 있고, 이 질문들에 스스로 대답하는 과정에 세계를 바라보는 인식론을 갖게 됩니다. 철학을 공부한다는 것은 다른 사람들이 이런 질문에 어떻게 대답했는지 엿본다는 의미가 있습니다.

인간은 세상을 인식하고 아름다움에 대한 가치 판단의 기준을 갖게 되면서 윤리적인 기준도 세웁니다. 옳고 그름에 대해 확고한 신념을 가지고 행동하게 된다는 것입니다. 무엇이 옳고, 무엇이 그른가에 대한 판단 기준은 이 사회가 운영되는 기본 원리를 제공한다는 점에서 매우 중요한 문제입니다. 동서양을 막론하고 이 문제에 대해 깊이 사고한 철학자들의 주장은 우리 삶에 사상적 밑거름을 제공해 왔습니다. 철학적 함의가 있는 고전을 현대의 우리가 읽어야 하는 중요한 이유가 여기에 있습니다. 이 세상의 운영 원리에 대한 지식을 바탕으로 인간의 가치관을 제시하려고 했다는 점에서 철학은 정치와도 관련을 맺습니다. 국가를 어떻게 운영해야 하는지, 위정자는 어떤 자세로 정치에 임해야 하는지 등에 대한 논의는 결국 이 세상을 바라보는 가치관과 연결되는 문제이기 때문입니다.

이렇게 철학이 우리 삶의 근본에 연결되기 때문에 단어 하나, 개념 하나도 허투루 쓰지 않으려고 노력해야 하는 것입니다.

질문 선생님께서는 중국 고대 철학을 전공하신 것으로 알고 있습니다. 제자백가를 택해 공부하신 이유가 궁금합니다.

송영배 사실 제자백가를 전공하지는 않았습니다. 대학에 자리 잡고 보니 동양철학 중에서 특히 제자백가를 가르쳐야겠다는 생각이 들었지요. 사회문제에 대해 즉각 발언하고 다양한 변화에 철학적 대안을 제시하는 데 제자백가 철학이 아주 중요한 의미가 있다는 것을 깨달았기 때문입니다. 제자백가가 활동한 때가 기원전 5세기부터 기원전 3세기 아닙니까? 지금으로부터 2500년 정도, 이렇게 먼 옛날의 철학이라 상당히 고리타분할 것 같지만 그렇지 않습니다. 제자백가가 활동할 때는 계급 편견이 확정되지 않았기 때문에 다양한 관심들이 충돌할 수 있었습니다. 제자백가는 그것을 철학적으로 표현했고요. 다양성과 경쟁, 개인의 활력 같은 것이 보이니까 제자백가의 철학을 현대 생활과 비교할 수 있는 것입니다.

질문   그럼 학창 시절에는 어떤 공부를 하셨습니까?

송영배   저는 원래 중국철학을 공부하고 싶었는데, 제가 공부를 시작할 때 한국에는 중국철학을 배울 데가 별로 없었습니다. 대학에 들어가 보니 서양철학을 하는 선생님만 계셨습니다. 그런데 어떤 선생님께서 "철학이라는 것이 하루아침에 할 수 있는 학문이 아니다. 4년 동안 영어 단어, 독일어 단어 열심히 익히고 나서 스스로 길을 찾아봐라. 찾은 사람이 철학하는 사람이다."라고 하셨습니다. 저는 그 말에 상당히 공감해서 열심히 공부했지요. 어쨌든 중국철학에 관심이 있으니까 처음부터 중국어를 공부하려고 했는데, 독일어를 못하는 녀석이 어떻게 철학과를 왔냐며 조교 선생님이 막 야단치는 겁니다. 그래서 독일어를 공부했지요.

서울에서 대학원까지 나오고 중국철학을 공부하고 싶어서 타이완으로 유학 갔는데, 철학부에 박사과정이 없어서 본격적으로 공부할 수가 없었습니다. 그래서 어쩔 수 없이 다시 독일 유학을 택하고 튀빙겐대학 철학과 대학원에 들어간 겁니다. 그런데 거기 가서 보니까 철학 연구가 아주 활발하고 제3세계 운동이니 마르쿠제Herbert Marcuse니 하는 개혁적 사상에 관심이 컸습니다. 그런 환경을 접하고 보니 그때까지 제가 우물 안 개구리처럼 공부했다는 생각이 절로 들더군요. 그래서 처음부터 다시 공부한다는 느낌으로 철학을 대하고 공부하는 마음을 새로 다졌습니다.

독일에서 공부하면서 여러모로 사회운동에 참여했는데, 그때가 박정희 정부 시절이라 민주화에 관심 있는 사람은 한국에 돌아오기가 쉽지 않았습니다. 어쩔 수 없이 독일에서 계속 공부하다가 1980년대에야 귀국할 수 있었지요. 귀국한 뒤에는 한동안 한신대에 있다가 1988년부터 서울대로 옮겨 철학을 강의했습니다.

질문   선생님 말씀을 듣고 보니 제자백가는 특히 현실 문제와 밀접하다는 생각이 듭니다. 제자백가가 등장한 시대는 어땠습니까?

송영배   잘 알려진 것처럼 중국은 기원전 8세기부터 기원전 3세기까지 정치적으로 큰 혼란을 겪었습니다. 중국을 지배하던 주나라가 이민족의 침입을 받아 수도를 하오징鎬京에서 동쪽의 뤄양洛陽으로 옮기면서 제후국들이 패권을 다투는 춘추전국시대가 된 겁니다.

주나라는 후직后稷이라는 사람의 12대 후손인 고공단보古公亶父가 섬서성 기산岐山 위수渭水 지역에 정착해서 키운 나라입니다. 주변 부족을 포섭해 세력을 확장했고, 상나라(은나라)가 임명하는 서방 제후의 우두머리인 서백西伯이 된 문왕文王 대에 지금의 시안西安 근처로 이동했습니다. 그 뒤 주나라가 상나라와 갈등 관계에 놓입니다. 그때 정황은 《사기》에 실린 이야기를 통해서도 조금이나마 살펴볼 수 있어요. 《사기》에는 주나라의 서백이 아주 어진 정치를 행했다고 기록되어 있습니다. 그는 어진 사람을 공경하고 인재를 모으기에 여념이 없었습니다. 이 소식을 들은 인재들이 주나라로 몰려들어 세력이 커지니까, 상나라의 주왕紂王이 서백을 잡아 가두지요. 주나라 신하들이 말과 특산물을 바치면서 서백의 구명을 요청했고, 그 선물이 아주 진귀했던지 주왕이 서백을 풀어 줍니다. 게다가 서백에게 주변 제후국을 다스릴 권한을 주었다고 합니다. 서백을 감금했다가 풀어 주고 서쪽 변방을 다스리게 했다는 이야기에는 상이 주의 세력을 만만찮게 보았다는 의미가 담겨 있습니다.

주나라가 대대로 섬긴 상나라는 일정한 지역을 일원적 통치 체제로 다스리는 나라가 아니라, 수많은 도시국가들 위에 군림해 지배권을 행사하는 맹주국이었습니다. 상나라 사람들은 우주를 지배하는 인격적 존재인 상제上帝의 뜻에 따라 모든 일이 결정된다고 믿었습니다. 그래서 상제의 환심을 사기 위해 제사를 자주 지내고, 갑골문을 통해 상제의 뜻을 알아보는 의식을 많이 치렀습니다. 그런데 상의 제사는 매우 잔혹한 면이 있었습니다. 이민족의 포로들 중 상당수가 제물로 희생되었고, 왕이 죽으면 순장으로 죽는 사람들이 많았습니다.

주나라는 조금씩 세력을 넓혀 가다가 기원전 11세기 무왕武王 때 상을 무너뜨립니다. 주나라 사람들은 상나라와 달리 천天이 우주를 만들었다고 생각했습니다. 천은 덕이 있는 자에게 천명을 내려 나라를 다스리라고 명하는데, 주나라 군주가 바로 그 천명을 받았다고 주장했습니다. 천은 우주의 법칙은 주재해도 인간사에는 일일이 간여하지 않는 존재입니다. 덕을 강조하는 천명을 내릴 뿐입니다. 그래서 당시 사람들은 천의 뜻을 따라 덕을 실천하면서 살아야 한다고 생각했습니다. 이런 점에서 상나라와 뚜렷이 대비됩니다. 상나라는 사람을 제물로 삼았는데, 주나라는 덕을 강조한 것입니다. 나중에 공자는 이런 면을 높이 평가해 주나라의 선정을 본받아야 한다고 주장합니다.

한편 주나라가 상을 정벌하고 나서 바로 상의 영토를 다 지배할 수는 없었습니다. 남은 상의 세력이 강하게 대항했기 때문입니다. 무왕의 뒤를 이은 성왕成王은 무왕의 동생인 주공周公 단旦의 도움으로 상의 저항 세력을 토벌한 뒤 봉건제도를 채용해 각지에 제후를 봉했습니다. 주나라의 제후는 주 왕실 출신인 동성 제후와 동맹 세력인 이성 제후가 있었는데, 《한서漢書》〈지리지地理志〉에 따르면 제후국의 수가 1800여 국이나 되었습니다. 이 많은 제후국이 짧은 기간에 쉽게 만들어지지는 않았습니다. 주나라는 상을 정벌한 뒤에도 주공을 중심으로 동방 진출을 계속 했고, 그 과정에 제후국이 하나씩 만들어졌습니다. 제후국들은 효과적인 지배를 위해 그 신하인 대부大夫에게 영지인 채읍采邑을 주고 다스리게 했습니다. 대부는 제후의 신하이지만 스스로 군대를 갖춘 또 하나의 지배자였습니다. 나중에는 대부 아래에 급여를 받고 일하는 전문 관료인 사士라는 계층이 생깁니다. 사는 대부보다 낮은 신분이었지만 춘추전국시대에 각 나라가 부국강병을 목표로 전문적 식견을 갖춘 이들을 대우하면서 영향력이 커졌습니다. 우리가 잘 아는 공자도 사 계급 출신입니다.

앞에 말한 것처럼 주나라의 세력이 약해지자 수많은 제후국들이 부국강병을 위해 주요 산업을 국영화하고 백성에 대한 통제와 수취도 강화했습니다. 이 시기에 철제 농기구가 보급되고 수리 시설이 발달해 농경지가 확대되는 등 경제적 측면에서 큰 변화가 일어났지요. 나리의 운명을 건 전쟁이 자주 일어나는 가운데 제후들은 정치적 식견과 군사적 능력을 갖춘 전문가를 우대했고, 능력을 갖추면 출세할 수 있다는 분위기가 확산되었습니다. 학문이나 무예를 닦아 입신을 노리는 사 계층의 활약이 두드러지는 가운데 제자백가라는 사상가들이 등장한 것입니다.

질문　세력을 떨치던 주나라 왕실의 권위가 어떻게 떨어졌는지 설명해 주시면 좋겠습니다.

송영배　주나라는 기원전 9세기 여왕厲王 대부터 쇠퇴했습니다. 여왕은 형법을 강화하고 세금 징수를 독려하는 등 강력한 중앙 통제 체제를 수립하려고 했는데, 반발 세력이 많아서 뜻을 이루지 못했습니다. 결국 여왕은 반대 세력의 모반으로 왕위에서 쫓겨났는데, 이때 공共나라의 화和라는 사람이 정권을 잡았다는 기록이 《죽서기년竹書紀年》에 있습니다. 이것은 '공화정'이라는 말의 유래이기도 합니다.

　이 반란 이후 등장한 왕들이 정치를 잘하지 못해 나라가 어지러워집니다. 유왕幽王을 예로 들어 보면 당대 상황을 이해할 수 있을 겁니다. 유왕은 포사褒姒라는 후궁을 아주 사랑했는데, 포사가 원래 잘 웃지 않았습니다. 그래서 유왕이 포사의 웃음을 보려고 갖은 노력을 다했는데, 어느 날 실수로 올린 봉화를 본 제후들이 주나라의 수도로 달려와 허둥대는 모습에 포사가 크게 웃었습니다. 유왕은 포사가 웃는 모습을 또 보고 싶어서 봉화를 거짓으로 자주 올립니다. 기원전 771년에는 유왕이 포사가 낳은 아들을 태자로 삼으려고 큰아들 의구宜臼를 태자 자리에서 내쫓습니다. 목숨에 위협을 느낀 의구는 신나라의 제후인 외할아버지에게 도망가고, 신나라 제후는 외손자를 왕위에 올리기 위해 견융족과 동맹합니다. 이에 따라 주나라 수도인 하오징의 서쪽에 살던 견융족이 하오징을 공격해, 위기에 처한 유왕이 봉화를 올립니다. 하지만 포사의 웃음을 보려고 올린 거짓 봉화라고 여긴 제후들이 도와주지 않아 유왕이 죽습니다. 왕이 죽자 주나라가 견융족을 피해 수도를 동쪽으로 옮깁니다. 기원전 770년에 벌어진 이 일을 '주나라의 동천'이라고 합니다.

도읍을 옮긴 이후 주나라 왕실은 급격히 위엄을 잃어버렸습니다. 사마천司馬遷은 《사기》에서 기원전 475년 원왕元王이 즉위할 때까지를 춘추시대, 그 뒤는 전국시대라고 했습니다. 춘추시대 초기에는 제후국들이 난립하고 세력을 다퉈 전쟁이 1200여 차례나 발생합니다. 춘추시대 말기에는 제후국이 12개국으로 정리되고, 전국시대에는 일곱 나라가 할거합니다.

질문 제자백가를 등장시킨 춘추전국시대의 상황을 좀 더 말씀해 주십시오.

송영배 기원전 4세기 이래 강력한 제후국은 나름대로 철저하게 국가적인 개혁, 즉 변법을 도모했습니다. 그 과정에 엄청난 규모의 전쟁이 일어났고, 더 강력한 관료적 절대주의 국가가 다른 국가를 통합하는 양상이 보였습니다. 당시 대규모 전쟁들의 내용은 《춘추좌전春秋左傳》, 《국어國語》, 《전국책戰國策》, 《사기》 등에 기록되어 있습니다. 특히 전국시대인 기원전 4~기원전 3세기에는 각 국가의 정치적·군사적 중심지를 근거로 활동하던 군사 외교 전략가, 즉 종횡가들이 많이 등장해 몇몇씩 연합하거나 그 연합 전선에 대항하면서 전쟁이 더욱 격렬해졌습니다. 백성은 전쟁 때문에 경제 기반이 무너지고 생명의 안전도 위태로웠습니다. 전쟁에서 이기는 몇몇 큰 나라에 물질적인 부가 집중되었습니다.

춘추시대 중기 이후 격화되기 시작한 전쟁 양상은 필연적으로 전쟁 방식의 변화를 불러일으켰습니다. 전차 중심의 전쟁이 점차 대규모 보병전으로 바뀌고, 전쟁 기간이 길어졌습니다. 당연히 민중의 고통은 무척 심해졌습니다. 대규모 전쟁으로 논밭과 도성은 황폐화되거나 피로 물들었고 포로 수십만 명이 학살되거나 노예로 전락했습니다. 이런 혼란 중에 소수의 혈연적 세습 귀족 대신 비귀족층의 자율적 지식인들이 새로운 지도 세력으로 등장해 제자백가로 성장합니다.

제자백가는 인간 중심의 사고를 바탕으로 반전 평화, 천하 통일, 위민 정치 수립 등을 주창했습니다. 사마천은 제자백가를 유가·도가·음양가·묵가·명가·법가로 분류했고, 《한서》를 쓴 반고班固는 여기에 잡가·종횡가·농가를 더했습니다.

질문 당시 등장한 지식인들은 어떤 주장을 펼쳤습니까?

송영배 그중에는 강력한 제후를 중심으로 중앙집권적 절대주의 국가를 창출하려고 하는 법가 사상가들이 있었고, 위험한 전쟁을 효율적으로 운용할 원리를 제시하는 병가도 있었습니다. 그런데 군주 절대주의의 창출이라는 현상은 당시 새로운 지도 세력으로 등장하는 지식인들의 자율성을 필연적으로 크게 제한했습니다. 그래서 절대주의 노선에 정면으로 도전할 수밖에 없었던 전통적인 지식인, 즉 '유儒'들의 정치적·학문적 활동을 우리도 주목하지 않을 수 없습니다.

춘추전국시대에 유가의 자유 지식인들은 세습적 귀족들의 전통적 행위규범에 기초해 '비귀족적'인 자신들을 '유신된 군자', 즉 새로운 유형의 군자라고 했습니다. 또 자신들의 자발적 도덕성에 따른 정치질서의 확립을 강조했습니다. 유가적 지식인들은 인仁이라는 자신들의 도덕성에 기초해 하층민을 포용하고 조화를 이루는, 자율적 지식인들의 덕치德治 이념을 주장하고 나왔습니다.

묵가 집단도 등장했는데, 이들은 군주의 절대주의든 지식인의 덕치든 직접 생산자들의 노동을 기본적으로 전제하면서도 민생을 보장하지 못하는 정치를 한다고 비판했습니다. 그래서 침략 전쟁을 반대하고 만민의 공동 이익을 추구해야 한다고 외쳤습니다. 이들은 백성이 식량과 갖가지 물품을 생산하면서도 전쟁 때문에 굶주리는 것을 걱정했습니다. 《묵자墨子》 중 〈비악非樂〉에 "배고픈 자 먹지 못하고, 추운 자 옷을 못 입고, 수고한 자가 쉴 수 없다"라는 글이 있습니다. 이 문제를 해결하기 위해서는 먼저 사회적 부를 최대한 창출해야 한다고 보았습니다. 또 이렇게 늘어난 부를 지배자가 전쟁 같은 것으로 허무하게 소비해 버리는 일이 없어야 하다고 강조했습니다. '모든 인간이 차별을 받지 않고 공평하게 부를 나누며 공동적 이해를 증진해야 한다'는 주장하에 침략 전쟁을 반대하고 나섰습니다.

질문   법가 사상에 대해서도 조금 더 자세히 소개해 주십시오.

고대 중국에서 반전론자들이 보인 '이상과 용기'에 비한다면 오늘날 지식인들의 입지는 상당히 부정적일 수밖에 없습니다. 이런 때일수록 고전에 귀 기울여 지식인답게 이상을 추구해야 하지 않을까요? 제자백가의 사상을 알아 가는 과정은 현대를 살아가는 우리의 가치와 이상을 다시 돌아보도록 한다는 점에서 의미가 큽니다.

송영배　전국시대로 들어서면서부터 제후들은 앞다퉈 개혁을 단행했습니다. 서주 시대부터 권력을 누린 세습 귀족들의 세력을 약화하고 강력한 절대주의를 수립하는 것이 그 내용이었는데, 궁극적으로는 부국강병이 목표였습니다. 진나라 효공孝公 때 개혁을 주도한 상앙商鞅은 토지개혁과 농업 생산을 적극적으로 장려하면서 군주의 절대 권력 확립에 필요한 혁신적 조치를 강구했습니다. 그는 강력한 절대 권력의 출현만이 전쟁을 끝내는 길이라고 보았습니다. 그는 '도덕 정치'라는 것도 강력한 국가권력에 바탕을 둘 때 의미가 있다고 생각했습니다. 이런 생각에서 그는 농사와 전쟁에만 전념한다는 당국의 방침을 묵묵히 준수하는 것이 백성이 지킬 유일한 미덕이라고 주장했습니다.

　상앙의 주장은 진의 재상 여불위呂不韋가 펴낸 《여씨춘추呂氏春秋》에 잘 정리되어 있습니다. 이 책에 군사력을 통한 물리적 병합만이 전쟁을 없애는 방법이기 때문에 강력한 필전론이 필요하다는 대목이 있습니다. 전쟁은 인간의 본성에서 나오기 때문에, 전쟁을 없애는 것이 아니라 전쟁을 정의 실현의 도구로 사용할 방법을 찾는 고민이 더 중요하다는 것입니다. 《여씨춘추》는 상앙의 주장에서 한 걸음 더 나아가 농업과 상업의 육성을 중시했는데, 진나라가 이를 받아들여 농번기에는 백성을 동원하는 부역을 삼가고 상업과 무역에도 힘을 썼습니다.

질문　법가 사상이 널리 알려진 정치사상인 왕도와는 다른 것 같습니다. 왕도를 주장한 유가의 주요 사상가를 소개해 주십시오.

송영배 유가를 대표하는 사상가로 공자, 맹자, 순자荀子를 꼽을 수 있습니다. 사실 이들은 중국철학의 대명사가 되었지요.

기원전 6~기원전 5세기에 활동한 공자는 인간의 도덕적 자율성에 호소하는 것이 중요하다고 보았습니다. '행정명령으로 이끌고 형벌로 다스리면 백성들은 잠시 벌을 면하려고 할 뿐, 도덕적으로는 전혀 부끄럽게 여기지 않을 것'이라고 생각했습니다. 그는 사회적 갈등을 해소하는 길이 도덕성을 키우는 것뿐이라고 했습니다. 그리고 사회적 규범인 '예禮'를 확립하는 것도 중요하다고 했습니다. 군자가 할 일은 자신을 닦아서 자기 주위의 사람들과 백성까지 편안하게 해 주는 것이고, '자신을 닦는 일'이 바로 '인仁'을 이루는 것이라고 했습니다.

공자에 따르면, 사회의 안정과 평화를 이룩하는 문제의 핵심은 결국 통치를 담당해야 할 '군자'로부터 백성에 이르기까지 '화합'을 이루어 내는 것입니다. 이런 화합을 위해서는 무엇보다도 백성의 생활, 즉 민생의 안정이 필요합니다. 그래서 공자는 그의 제자 염구冉求가 노나라 대귀족의 관리가 되어서 백성들로부터 더 많은 세금을 거두자 매우 분노했습니다. 만인의 화합을 실현하는 데 생산 자체의 추구보다는 생산물의 균등한 분배가 더 본질적이라고 본 것입니다.

기원전 4세기 무렵에는 맹자가 등장하는데, 당시 사회적 상황이 너무나 참혹했습니다. "영토를 쟁취하려고 전쟁을 하면 죽은 사람들이 들판에 가득하고, 도시를 쟁취하려고 전쟁을 하면 죽은 이들이 도성에 가득"했습니다. 맹자는 이런 전쟁에서 해방되는 길은 군주들이 즉각 전쟁을 포기하고 민생 경제를 회복하는 데서 시작한다고 보았습니다. 전쟁으로 민생을 파탄시키는 사람들은 비판하면서, 힘으로 다른 나라를 합병하는 정치를 '패도羈道'라고 불렀습니다. 그런데 사실 전국시대에는 전쟁을 피할 수 없었습니다. '먹느냐 먹히느냐' 하는 긴박한 전투 상황 속에 각국의 군주들은 세력의 '확대'나 '축소'를 택해야 했습니다. 이런 상황에 백성의 고통을 덜어 주는 도덕적인 왕이 출현하기를 기대한 맹자의 사상은 상당히 비현실적인 것으로 보입니다. 그러나 우리에게 안정되고 평화롭게 살 수 있는 공동체에 대한 희망을 전했다는 점에서는 주목할 만합니다.

한편 인간의 본성이 도덕적이라고 본 맹자는 끊임없는 반성적 사고를 통해 이상 사회를 실현해야 한다고 했는데, 그보다 후대 사람인 순자는 인간의 이기적 본성을 제어할 객관적인 사회규범인 '예'에 기초하는 이상적 사회에 관심이 있었습니다. 순자에게 인간은 결코 선한 존재가 아닙니다. 인간은 태어날 때부터 무한한 욕구가 있기 때문에 욕구가 커질수록 사회적 재화는 줄어들고, 궁핍해진 사회적 재화는 필연적으로 사회적 갈등을 일으킨다는 것입니다. 그는 이렇게 무절제한 욕구 충족에서 오는 사회적 갈등을 해소하는 방법으로 인간의 욕구 절제를 통한 효과적인 생산과 확보를 생각합니다.

순자는 예로 질서를 잡는 예치禮治를 통한 사회 구성의 기본 틀을 제시하면서 군주가 유능한 인재를 등용하고 백성들의 동요를 막기 위한 '인정仁政'을 실시해야 한다고 주장했습니다. 그리고 한편으로는 법가의 민생 적대적인 공리주의 정책을 매우 비판했습니다.

맹자는 모든 전쟁을 재난으로만 보았는데, 순자는 인의를 주장하는 것만으로 전쟁을 멈출 수는 없다고 판단해 왕도를 실현하려면 군대가 필요하다고 했습니다. 그러면서도 전쟁으로 새로 편입한 지역 주민들의 마음을 얻는 것이 가장 중요한 원칙이라고 주장했습니다. 그가 이상적으로 생각하는 군대는 '인의의 군대'였습니다. 그것은 능력과 지능이 다른 인간들이 조화롭게 사회적 분업을 이루는 '예치'에 기반을 둔 '왕도'의 군대이자 '해방군'입니다. 그가 공자와 맹자보다는 현실적이었다는 점을 확인할 수 있습니다.

질문 보통 유가와 가장 대비되는 학파로 묵가를 드는데, 묵가 사상의 핵심은 무엇입니까?

송영배 맹자가 활동한 기원전 4세기만 해도 묵가는 상당한 영향력이 있었습니다. 묵가는 인간이 노동으로 의식주를 확보하는 점에서 금수와 다르다고 보았습니다. 그런데 현실에서 지배자들은 타인이 노동으로 만든 결과물을 약탈하기만 한다며, 이것이 사회적 불의라고 했습니다. 유가가 붕괴되어 가는 주나라의 문물제도를 회복해 통치 질서를 바로잡는 것이 중요하다고 본 반면, 묵가는 귀족층의 행동 규범을 부정하고 생산에 참여하는 만민의 연대를 중시했습니다.

그리고 묵자는 침략 전쟁을 반대했습니다. 침략 전쟁은 사회의 생산력을 엄청나게 파괴하고 소모하면서 민중의 물질적 행복과 생명의 안전을 근원적으로 희생시키기 때문입니다. 하지만 묵가가 모든 형태의 전쟁을 반대한 것은 아닙니다. 그들은 전쟁을 침략 전쟁과 처벌 전쟁으로 나눕니다. 침략 전쟁은 한 나라의 영토와 노동력을 지속적으로 확대하기 위해 다른 나라를 침략하고 약탈을 감행해 불의한 것입니다. 그러나 처벌 전쟁은 포악한 통치자로부터 민중을 구하기 위해서는 피할 수 없는 정당방위입니다. 이런 논리 속에서 묵가는 우수한 방어 무기를 개발하고 수성 기술을 닦아 침공을 억제하려고 했습니다. 묵자는 초나라 혜왕惠王을 설득해 송나라에 대한 공격을 포기하게 했고, 그의 뒤를 이어 묵가를 이끈 거자巨子는 큰 나라의 군주에게 침략 전쟁의 무용함을 적극적으로 설득했을 뿐만 아니라 실전에 참가해 작은 나라를 방어했습니다.

묵자는 민생의 안정에 필요한 사회적 부를 축적하기 위해 재화의 낭비를 규제하는 데 힘썼습니다. 비용을 아끼자는 '절용節用', 장례의 간소화를 뜻하는 '절장節葬', 당시 지배층의 특권이던 음악을 반대한 '비악非樂' 등은 그들이 내세운 중요한 가치입니다. 유가가 다소 이상주의적인 주장을 한 데 비해 묵가는 '반전', '평화'를 외치면서 과감하게 실천했다는 점에서 긍정적으로 평가할 만합니다.

질문　　**지금까지 알아본 제자백가가 현실 문제를 천착했는데, 도가는 달랐던 것 같습니다. 도가의 주장은 어땠습니까?**

송영배　도가는 우선 자기 자신의 생명 문제에 주목했습니다. 세상을 살아가는 데 나타나는 관습, 규범, 이념, 재산, 지위 등 사회적인 모든 범주는 자기 생명 밖의 대상일 뿐이라고 보았습니다. 이런 '외물外物'은 자기 '생명'을 기르는 도구라서, 그것이 인간의 삶보다 우위에 있어서는 안 된다는 것입니다. 도가가 보기에 법가의 인간관에서 백성은 결국 전쟁 물자의 생산과 전투를 담당할 노동력일 뿐입니다. 그래서 법가가 주장하는 평화의 길, 즉 열심히 생산해 전쟁 물자를 마련하고 목숨 바쳐 전쟁을 수행하는 것은 인간의 생명을 파괴하는 행위라고 보았습니다.

전국시대 제나라에서 사상을 전개한 직하학파稷下學派라는 것이 있었습니다. 이 학파에 송견宋鈃과 윤문尹文이 있었는데, 이들은 항상 일체의 욕망과 생각을 버려 외물의 유혹을 받지 않으며 마음의 평화를 추구해야 한다고 했습니다. 그리고 평화로운 사회를 구현하려면 먼저 사람이나 사물에 대한 편견을 제거別宥해야 한다고 보았습니다. '겸허하고 한결같이 고요해야虛一而靜' 정확하게 인식할 수 있고, 그럴 때 타인과의 갈등도 해소된다는 것입니다. 송견의 반전 활동은 《맹자》에도 기록되었습니다. 《맹자》에 진과 초, 양 대국 간 전쟁을 막기 위해 초나라로 가던 송견이 맹자를 만나 두 나라의 군주 중 한 사람은 설득할 수 있다고 말하는 장면이 있거든요. 묵가가 '만민 박애'의 정신에서 침략 전쟁을 사회적 불의로 규정했다면, 송견과 윤문은 개별 인간의 '욕구 절제'와 '편견 제거'를 통해 전쟁을 끝내려고 했습니다. 이 두가지로 얻어지는 '내면적인' 평화를 적극적으로 설득해 군주들의 전쟁욕을 약화하려고 한 것입니다.

질문 도가의 주요 사상가도 소개해 주십시오.

송영배 도가의 핵심적 사상가로 먼저 노자를 들 수 있습니다. 그는 인간의 인식과 판단은 결코 절대적일 수 없고, 상대적이라고 봅니다. '아름다움美'과 '미움惡', '좋은 것善'과 '나쁜 것不善', '있음有'과 '없음無' 등을 독립적 실체가 아니라 상호 의존적인 것으로 이해해야 한다는 것입니다. 그래서 그는 어느 학파가 절대적·배타적 기준으로 내세우는 주장을 절대적인 '진리'로 받아들일 수 없었습니다. 노자에 따르면, '참된 진리'인 '도道'는 언어적 규정이나 개념적 정의 너머에 있습니다. 《노자》라는 책에서 우리가 만날 수 있는 것은 인간의 모든 적극적 실천 행위에 대한 부정입니다. 유가가 '인의'를 말하고 법가가 '법치'를 말한 것과 달리 《노자》는 이런 모든 주장, 즉 적극적인 '유위有爲'를 부정하고 '무위無爲'를 주장합니다. 노자는 당대의 재난은 통치자들이 만족을 모르고 과도한 욕망을 채우기 위해 애써서 빚어진다고 보았습니다. 무한한 욕구의 충족이 개인과 사회를 파멸로 이끄는 근본적인 재난이라고 보고, 욕망의 '절제止' 또는 '욕구의 배제不欲·無欲'와 '무집착無執' 등을 통해 문제를 해결해야 한다고 부르짖었습니다. 노자는 '인의예지' 같은 인류 도덕이나 법령도 집착일 뿐이라고 했습니다. 그것들을 끊어야 평화가 찾아온다는 것입니다. 평화롭고 안정되는 삶을 살고 싶다면, '겉은 단순하고 마음은 순박해야 하며 욕심을 적게 가져야 한다'는 것이 그의 주장입니다. 이렇게 반문명적인 유토피아 사상을 가진 노자가 전쟁을 좋아했을 리 없겠지요. 그는 실제로 '무기는 군자가 사용할 기물이 아니라 상서롭지 못한 물건'이라며 무기와 전쟁에 대해 부정적인 평가를 내렸습니다.

노자의 뒤를 이은 장자도 더는 인간의 이성을 믿을 수 없다고 판단했습니다. 그는 우주의 보편타당한 원리인 '도'와 일체가 되어 세속의 모든 문제에서 벗어나려고 했습니다. 사회의 구속에서 벗어나 자기의 환상 세계에서 정신적 자유를 누리려고 한 것입니다. 그는 전쟁을 정당화하는 이념은 어떤 것이든 받아들이지 않았습니다. 그는 자신의

석학이 대학생에게 들려주는 지식의 풍경

삶을 속박할 수 있는 외부의 모든 압박에서 해방되는 것에만 관심을 두었습니다. '위로는 천지의 창조자와 함께 노닐고 아래로는 삶과 죽음, 처음과 끝을 넘어서 있는 자연과 벗이 되는' 삶을 추구했다는 장자에게는 당대에 벌어지는 전쟁이 아무 의미 없는 무모한 소모전에 불과했습니다.

한편 장자의 눈에 비친 군주는 한결같이 평화를 정착하려는 의지가 없었습니다. 정말 백성을 사랑하고 아낀다면 그들을 지배하려고 하는 욕심을 버리고 백성에 대한 간섭을 없애야 한다는 것이 그의 주장입니다. 장자는 어느 한편이 전쟁을 잠깐 쉰다고 해서 문제가 해결되지는 않는다고 보았습니다. 평화를 정말 원한다면, '천지자연'의 진정한 이치를 따를 수 있는 순수한 마음의 정성을 따라야만 한다고 말하는 것입니다. 순수한 마음이 없이 임시변통으로 전쟁을 잠시 쉬는 것은 그에게 무용한 사기극일 뿐이었습니다. 전쟁에는 각종 전략과 전술, 정보, 조직, 판단, 무기 제조 기술 등이 필요하고 그것들은 고도의 지식을 통해 만들어집니다. '침략 반대'를 외친 묵가도 원칙과 명분을 지키기 위해서 과학적·군사적 지식과 기술을 개발했습니다. 그러나 인간 지식의 발달을 욕망의 구체적 표현 단계로 이해하는 장자는 그런 문명과 기술의 발전을 분명하게 거부합니다.

물론 장자의 전쟁 비판 논리가 현실적이지 않을 수 있습니다. 자연의 이치를 따르는 순수한 마음을 갖추어야 한다는 지적은 현실적으로 실현할 수 없는 공허한 주장에 그칠 가능성이 더 큽니다. 그래서 "현실에 대한 처방 능력이 없는 장자는 허무주의자인가?"라는 의문이 생깁니다. 그런데 당시는 인간 사회에 대한 신뢰가 근본적으로 부정되는 비관적 시기였습니다. 그런 시기에 자질구레한 '작은 이권'들에 매달려 싸우지 말고 대자연과 화합해 욕심을 버리자는 장자의 주장은 어느 정도 경청할 가치가 있었다고 생각합니다.

질문　제자백가가 현대인에게는 어떤 점을 시사한다고 보십니까?

송영배　춘추전국시대의 길고 처참한 전쟁은 당대 지식인들의 주된 관심사였고, 대부분의 제자백가가 그 비참한 현실에 강렬한 문제의식을 갖고 있었습니다. 제자백가 등장하고 얼마간은 주로 전쟁 기술 같은 것에 관심을 두었지만, 전국시대 중기 이후로는 전쟁의 필요성과 인간 사회의 문제를 살폈습니다. 제자백가는 크게 전쟁의 필요성을 인정하고 전쟁을 효율적으로 치를 방법을 찾아 능동적으로 대처하는 필전론必戰論 부류, 전쟁의 역기능에 주목해 전쟁에 부정적이던 반전론反戰論 부류 등으로 나눌 수 있습니다.

　법가와 병가는 필전론을 대표하는 사상가들이고, 유가는 필전론을 어느 정도 받아들이는 편이었습니다. 법가는 인적·물적 자원의 조직적인 활용을 중시해 일찍부터 효율적인 전시 관리 체제를 확립하려고 했는데, 국가주의를 표방했기 때문에 다양한 관심을 가진 지식인들의 문화적 자율성을 크게 제한하는 한계가 있었습니다. 반전론의 대표적인 논자들은 묵가입니다. 묵가는 전쟁의 구렁텅이에서 고통받는 민중을 대변하는 반전·평화 사상입니다. 사회 생산의 확대와 보호를 위한 '만민 박애兼愛'와 '상호 이익의 증진交相利'을 실현하기 위해 묵가가 이타 정신을 견지했는데, 이것은 인류 역사상 그 유례를 찾기 힘든 이성적 도덕주의의 이상입니다. 한편 유가나 도가는 지식인들의 자율성과 책임을 강조하는 사상이지만 전쟁의 본질에 대한 부정적 이해 때문에 당대의 현실적인 문제를 해결하는 데는 별로 도움을 주지 못했다고 봅니다.

제자백가들이 제기한 다양한 사상을 뒤로한 채 춘추전국시대의 전쟁은 진나라의 통일로 끝납니다. 법가와 묵가는 자연히 소멸의 길을 걷게 되고, 그 대신 유가가 체제 유지를 목표로 한 정치가들의 수요에 따라 홀로 남습니다.

전쟁은 개개인의 의지와 무관하게 발생합니다. 현대에도 국가 경영을 위탁받은 소수 권력자들의 의지에 따라 전쟁이 결정되고, 지금 이 시각에도 지구촌에 다툼이 있습니다. 개인이 속한 공동체가 전쟁 상황에 놓였을 때 개인이 동의하지 않은 전쟁이라고 해서 그 상황으로부터 도피할 수는 없습니다. 우리가 겪은 한국전쟁이 그랬고 베트남전쟁도 그랬습니다.

만일 전쟁을 눈앞에 두었을 때 현대 국가처럼 정보 통치와 대중 조작이 발달한 사회에서 과연 지식인들의 '반전' 공간이 확보될 수 있을까요? 그에 대한 답은 상당히 비관적입니다. 방대한 전산 관리 시스템은 이미 개개인을 언제라도 동원할 수 있게 대기시켜 놓았고, 다양한 조작 매체는 개인의 주체적인 판단을 체계적으로 흐립니다. 어쩌면 몸으로는 눈부시게 발전한 과학 문명의 혜택을 누리면서도 상업주의적인 이윤 추구 때문에 '정신적 자유'는 우리가 의식하지 못하는 사이에 소외·조작되고 있는 것이 아닐까 합니다. 우리의 주체적 판단과 실천의 공간은 어디에 있을까요? 고대 중국에서 반전론자들이 보인

'이상과 용기'에 비한다면 오늘날 지식인들의 입지는 상당히 부정적일 수밖에 없습니다. 이런 때일수록 고전에 귀 기울여 지식인답게 이상을 추구해야 하지 않을까요? 제자백가의 사상을 알아 가는 과정은 현대를 살아가는 우리의 가치와 이상을 다시 돌아보도록 한다는 점에서 의미가 큽니다.

질문　이제 학문의 길에 들어선 대학생들이 읽기를 바라는 책이 있다면 소개해 주십시오.

송영배　인문학을 공부하려면 먼저 《사기》〈열전〉을 읽어야 합니다. 이 책에는 다양한 출신의 사람들이 살아간 방식이 소개되어 있어서, 세상을 살아가는 데 필요한 지혜와 가치를 많이 얻을 수 있습니다. 특히 개인의 주관적인 의지로 객관적인 세상에 어떻게 대응했는가를 자세히 살피면 많은 도움이 될 겁니다. 그리고 《장자》나 《한비자韓非子》도 자세히 읽어 봐야 합니다. 그 사람들은 참 매력적인 사상가들입니다. 아주 명쾌하고 논리적인 문장들을 직접 확인하시길 바랍니다.

질문　마지막으로, 철학 공부의 의의를 말씀해 주시면 좋겠습니다.

송영배　철학은 막연한 과제를 해결하는 학문이 아닙니다. 철학을 공부하는 사람이 스스로 절박한 문제의식을 가지고 있어야 합니다. 저는 그런 태도가 책 몇 권 읽는 것보다 더 중요하다고 봅니다. 뚜렷한 인생관과 목적의식이 있어야 철학 공부도 할 수 있는 것입니다. 저는 청년들이 그런 목적의식을 많이 가지면 활발하고 희망찬 사회가 된다고 믿고 있습니다.

이미지를 읽어 내며
세계를 보는

미술
사학

Art History

박영택

성균관대 미술교육학과를 졸업하고 같은 대학 대학원에서 미술사학을 전공했다. 현재 경기대 미술경영학과 교수로 재직 중이다. 미술 평론가로 활동하면서 〈명작스캔들〉과 〈TV미술관〉 등 의 TV 프로그램에 고정 패널로 출연했고, 제2회 광주비엔날레 특별전 큐레이터·대한민국청 년비엔날레 2002커미셔너·2010아시아프 총감독·대구예술발전소 문화 행사 총감독 등을 맡 았다.

대담—최병택(공주교육대학교 초등사회과교육과 교수)

질문　안녕하세요. 선생님께서 미술 평론과 미술사라는 분야를 택하신 특별한 이유가 있는지 궁금합니다.

박영택　저는 어렸을 때부터 그림을 잘 그렸습니다. 그림 그리는 솜씨는 타고나는 것 같아요. 서너 살 때부터 그림을 열심히 그렸습니다. 또 주변 사람들이 하도 그림을 잘 그린다고 해서 그냥 막연하게 '그림을 그리는 사람이 돼야겠다.' 생각한 것 같아요. 그러다 보니까 그림을 더 많이 그리고 그림과 관련된 자료, 그러니까 화집이나 도판처럼 미술과 관련된 것은 무엇이든지 관심을 갖게 됐습니다. 달력이라든가 어머니가 보시던 잡지에 실린 그림과 사진 들을 수집하고, 그것들을 즐겨 보고 따라 그리기도 했습니다.

　그러다 고등학교 2학년 때는 '진짜 그림을 그려야겠다. 화가가 되어야겠다.'라고 다소 확신했습니다. 사실 화가라기보다는 미술을 좋아하니까, 그림 그리는 일을 평생 하면서 살겠다고 생각했습니다. 특정 직업과는 무관하게 그림을 즐기면서 살고 싶다는 생각을 한 것 같습니다. 그래서 대학에 입학할 즈음에 미대를 지망했는데, 집안에서 워낙 반대가 심해 방향을 바꾸지 않을 수 없었습니다. 결국 선택한 것이 바로 미술교육과입니다.

미술 선생님을 하면서 그림을 그리겠다고 막연하게 생각하면서 진학을 결심했습니다. 그런데 사범대학 미술교육과의 교과과정이 제가 생각한 것과 달랐습니다. 실기 수업이 부족했습니다. 그래도 어떤 식으로든 미술을 하고 싶었으니까 교과과정과 상관없이 미술에 관련된 모든 것을 혼자 공부해야겠다고 생각했어요. 그래서 도서관에 가서 미술과 관련된 책이라면 뭐든 닥치는 대로 읽고 그림도 많이 그리면서 미술 지식을 탐구하고 실기 능력도 길렀습니다. 졸업 후 곧바로 교사가 되지 못하고 있던 참에 한국미술사를 전공하시고 우리나라 초상화 연구로 유명하신 대학교 은사, 조선미趙善美 선생님께서 제게 미술사 공부를 해 보라고 권하셨습니다.

질문　은사님의 권유로 시작하셨군요. 당시만 해도 미술사는 생소하셨을 텐데, 공부 과정은 어땠습니까?

박영택　네, 그래서 대학원에 진학해 얼떨결에 미술사를 공부한 겁니다. 사실 저는 미술사를 연구하리라곤 생각도 못했습니다. 저는 대학을 다니던 1980년대에 등장한 민중미술에 관심이 있었기 때문에, 대학원에 들어가서는 민중미술의 연원 같은 것을 분석해 보고 싶었습니다. 그러다 보니 시간을 거슬러 식민지 시대의 미술 운동을 연구해 석사 논문을 썼습니다. 1930년대에 사회주의 미술 운동이 대두된 뒤 해방 공간에서 벌어진 좌우익 미술 운동의 대립, 그리고 1980년대 민중미술을 하나의 선상에서 논의해 볼 수 있겠다고 생각한 것입니다.

제가 역사를 전공하지도 않았고 그에 대한 깊이 있는 지식도 없었기 때문에 논문을 제대로 썼다고 보기는 어렵습니다. 다만 한국 미술계에서 이해하는 미술이란 개념이 순수 미술 위주로 재편되어 왔고 그것이 분단 논리에 따른 기형적인 것이라는 인식이 있었기 때문에, 또 서구 미술의 압도적인 영향에 따른 측면이 있다고 보았기 때문에 한국 현실 속에서 미술의 대응이나 의미 혹은 참여적인 미술에도 관심을 가진 것 같습니다. 그런 시각에서 석사 논문을 썼습니다.

돌이켜 보면 식민지 시대에 접어들어서 수용된 서구 근대미술은 단지 외피적인 차원에서 수용된 것이었고, 당시에는 미술에 대한 인식이 미약했습니다. 인상파와 그 전의 사실주의, 입체파 등을 두서없이 수용해 당대의 현실과는 무관한, 또는 전통과 단절된 채 서구 미술을 일방적으로 답습해 여러 문제가 발생한 상황이 일제강점기 한국 미술의 상황이었습니다. 그러다 1930년대 정치적 현실 속에서 미술의 의미를 묻는 좌파적 미술 운동이 발생한 것입니다. 이런 분위기에서 김복진金復鎭 같은 대표적인 작가가 나옵니다. 일제의 탄압으로 사그라졌던 미술 운동은 해방 이후 좌우익의 치열한 논쟁 속에 다시 대두되었습니다. 오랜 시간이 지난 1980년대에 민주화운동이 전개되는 가운데 미술과 현실에 대한 고민이 깊어지는데, 저는 이런 역사적 흐름

속에서 한국미술을 볼 필요가 있다고 생각해 석사 논문을 썼습니다. 사실 미술이라는 것은 순수 미술 분야도 있고 현실 참여적인 분야도 있기 때문에, 그 축들이 번갈아 가면서 우리나라의 짧은 근현대 미술사를 발전시켰다고 보았습니다. 이때부터 저는 한국 근현대 미술에 관심을 갖고 미술사에 대한 인식을 기반으로 미술 평론을 하게 됐습니다.

석사 학위를 받고는 조그마한 미술 잡지사에 들어갔어요. 그림 그리는 일보다는 책을 보고 전시장에 다니고 기사를 쓰는 일이 자연스럽게 많아졌습니다. 제가 몸담고 있던 잡지사의 편집장이 제 기사를 보고는 미술 평론을 하면 참 잘하겠다고 하더군요. 그런 평가를 받으니까 저도 모르게 평론 쪽으로 관심을 기울이게 됐습니다. 얼마 후에 미술관의 보조 큐레이터로 자리를 옮겨 활동하다 그다음 해에 책임 큐레이터가 돼 미술관의 전시 업무를 맡으면서부터 큐레이터, 평론 활동을 본격적으로 했습니다.

질문 미술 잡지 기자에서 큐레이터로 활동 영역을 넓히셨군요. 큐레이터로서는 어떤 일을 하셨는지요?

박영택 한 10년 동안 미술관의 큐레이터로 일했는데, 큐레이터는 원래 전시 기획을 담당합니다. 미술 평론가나 미술사가와 영역이 많이 겹쳐지는 애매한 직업이기도 합니다. 미술사가들이 과거의 작품들을 연구한다면 미술 평론가들은 '당대의 중요한 미술 작품을 어떻게 볼 것인가'라는 문제의식을 지니고 그 답을 찾아 가는 일을 한다고 볼 수 있습니다. 그런데 1970년대부터 미술사가나 미술 평론가보다는 동시대 미술인 컨템퍼러리 아트Contemporary Art를 실질적으로 보여 주고 제시하고 논하는 전시 기획자, 즉 큐레이터의 입김이 상당히 강해졌습니다.

제가 큐레이터로 일하던 1990년대는, 한국 미술계에 큐레이터라는 직종이 생기고 그 일을 하는 사람들이 전시 기획과 작가 선정 등에 나서면서 일반인이 그들에 대한 인식을 비로소 갖게 된 시기입니다. 저는 미술사가와 미술 평론가의 일이 겹쳐진 분야에서 큐레이터가 활동한다고 생각합니다.

10여 년 동안 큐레이터 일을 하면서 한국 현대미술의 중심지에서 수많은 작가와 작품을 보았고, 이에 대한 공부를 하고 많은 글을 쓰면서 평론가로서도 활동했습니다. 많은 전시회를 기획하면서 1980년대 후반부터 1990년대까지 한국 현대미술의 변화를 현장에서 지켜본 것입니다. 그 과정에 동시대 한국미술에 대한 관심을 글로 쓰는 계기가 생겨 자연스럽게 미술 평론이나 미술사 분야에서 경험을 쌓았습니다. 보통 미술사가들은 석사나 박사 과정을 마치고 계속 관심 있는 분야의 논문을 쓸 텐데, 저는 현장에서 생산되는 작품들을 직접 전시하면서 의미를 부여하는 등 전시 기획자의 자리에서 평론을 줄곧 하고 미술사 논문을 이따금 발표했습니다.

질문   그런데 미술사 공부가 세상을 바라보는 데 어떤 도움을 줄 수 있을까요?

박영택　미술사는 결국 미술 작품을 해석하고 그것에 의미를 부여하는 학문입니다. 궁극적으로는 어떤 것이 좋고 어떤 것이 나쁜지를 직관적으로 판단하는 능력, 또는 우리가 일상생활에서 부딪치는 사물 세계를 분별하고 알아내는 힘을 키우는 데 예술 공부가 상당히 좋은 훈련이 되는 것 같습니다.

저는 미술사와 평론을 통해 사물과 세계를 해석하는 다양한 방법을 체득한다고 사람들에게 말합니다. 또는 사물과 세계에 대한 어떤 논리나 의의를 당연히 받아들이는 것이 아니라, 그에 대해 반성하거나 다시 생각해 보는 능력을 기른다고도 할 수 있습니다. 우리가 당연시하는 것들을 한 번쯤 의심해 보고 편견과 선입견에 사로잡힌 시각을 교정하는 것이 미술사나 미술 평론 영역에 속할 것입니다.

평론은 상당히 주관적인 작업입니다. 작품에 부여하는 의미는 그것을 바라보고 해석하는 사람에 따라 다 다르게 마련입니다. 미술사나 미술 평론도 궁극적으로는 가치 판단에 대한 끝없는 투쟁의 연속입니다. 수없이 많은 미술 평론가들이 저마다 처지에 따라 다른 의미를 작품에 부여합니다. 결국 중요한 문제는 세계관(미술관)과 가치를 부여하는 안목, 감각의 힘입니다. 우리가 살면서 수없이 많은 가치관의 혼재 속에 판단을 내려야 하는데, 제 생각에는 미술사 공부나 미술 작품을 정확하게 들여다보는 훈련을 통해서 사물과 세계를 보는 아주 중요한 눈을 갖게 될 것 같습니다.

질문　학문의 세계에서 시기에 따라 어떤 연구 경향이 나타나고 사라지는 과정이 반복되었습니다. 미술사도 눈에 띄는 연구 경향이 있었을 텐데, 그에 대해 말씀해 주십시오.

박영택   미술사라는 학문은 근대에 태동했습니다. 우리가 이해하는 '미술'이라는 개념 자체가 근대에 생겼습니다. '아트Art'라는 말이 1860년대에 처음으로 영어 사전에 등장했습니다. 물론 그 전에도 '이미지'는 많았습니다. 그림과 조각을 비롯해 수없이 많은 이미지가 있었습니다. 그런데 1860년대 인상주의를 기점으로 오늘날 우리가 이해하는 미술이라는 학문과 미술사라는 분야가 생깁니다. 그때 이후 미술 작품을 감상하는 문화와 제도도 생겼습니다.

인상주의가 등장하기 전 서구에서 수없이 많은 '이미지'들은 오늘날 우리가 이해하는 '이미지'와 상당히 다른 맥락에서 만들어진 것들이었습니다. 신화나 종교나 특정 이데올로기를 시각적으로 증명하는, 즉 주술적 물건으로 기능하는 경우가 많았습니다. 흔히 현대사회 전, 전통 시대의 '이미지'를 '주술적 물건으로서 이미지'라고 합니다. 성당이나 교회, 또는 특정 지배계급의 저택을 장식하는 '이미지'가 바로 그런 것들입니다. 그러니까 지금 우리가 '미술'이라고 말하는 것의 상당수가 신화의 내용을 공들여 재현하거나 당대를 지배한 사람들의 초상화를 그리는 데 이용되었다는 것입니다.

우리나라도 마찬가지입니다. 산수화나 사군자 그림은 그저 식물을 그린 것이 아닙니다. 아시다시피 그것에는 유교적 이데올로기가 담겼습니다. 유교에서 말하는 '군자'가 수양 차원에서 특정한 대상을 그린 '이미지'가 조선 사회의 '이미지'인 것입니다. 삼국시대나 고려 시대에는 불교 교리를 도상화한 '이미지'가 주류를 이루었습니다. 근대에 들어, 이렇게 어떤 텍스트에 저당 잡히거나 특정한 맥락 속에서 주술적 이미지로서 기능하는 것들을 벗어나 개인이 저마다 자유롭게 스스로 '미술이라는 것이 무엇인가'를 묻기 시작했습니다. 이데올로기에서 벗어나 순수한 시각적 '이미지' 자체를 추구하는 영역으로서 미술이 나타난 것입니다. 이것이 서구의 근현대 미술입니다.

이때 성당이나 귀족의 저택에 있던 그림을 뜯어다 한 공간에 모아 시간적으로 배열한 미술관이 등장했습니다. 사람들은 비로소 미술사라는 학문을 개척할 수 있게 되었습니다. '이미지'를 쭉 늘어놓고 보니, 시대적 분류가 생기고 왕조별로도 분류할 수 있다는 것을 알게 되었습니다. 독일과 이탈리아의 작품 경향이 다르다는 것도 알았습니다. 시간이 지나면서 양식사에서 벗어나 당대의 정치 현실이나 문화적 관계로도 미술 작품을 파악하고 연구하게 되었으며 동시대 학문들과 비교해 미술 작품들을 평가하는 경향도 나타납니다.

이렇게 다양한 시각이 등장하면서 미술 작품을 기호학적인 측면에서 읽기도 하고, 정신분석학적으로 해석하는 일이 나타났습니다. 학자에 따라 페미니즘을 비롯해 여러 맥락으로 작품을 읽어 냈습니다. 미술사에서만 작품을 해석하는 인자들이 다양하게 나타나는 것은 아닙니다. 다른 인접 학문들도 마찬가지일 것입니다. 미술 작품을 보는 독특한 영역에 있는 미술사는 새로운 이론들을 계속 접목하면서 작품을 좀 더 풍성하고 다양하게 해석할 수 있는 차원으로 갈래로 치고 나가는 중입니다.

저는 작품이 고정되거나 완결된 개념이 아니라고 봅니다. 그것을 보고 이해하는 다양한 관람자들이 계속 무수하게 해석할 수 있습니다. 미술 작품을 두고 "이것이 좋은 작품이다, 걸작이다." 하고 정답을 구하지는 않습니다. 어떤 시대에 많은 사람의 동의를 구하는 작품은 한동안 명작이 되고, 다른 이론이 나타나면 그에 따라 새로운 명작이 등장합니다. 미술사는 관점에 따라 매번 새롭게 기술됩니다.

질문   미술사가 다른 학문 분야와 구별되는 특징이 있다면 무엇일까요?

박영택   미술사를 공부하는 학생들은 미술 작품을 해석하는 다양한 기존 이론을 공부하면서 작품이 어떤 시간대에 어떤 맥락에서 만들어졌는지를 배웁니다. 누가 만들었는지, 왜 만들었는지, 궁극적으로 담고 있는 내용이 무엇인지, 그 내용들을 얼마나 '완결도' 있게 그렸는지를 배우는 것입니다. '완결도 있게 그려졌는가?'라는 문제를 보는 것이 다른 학문과 차이가 나는 지점입니다.

물감이나 붓질이 지나간 흔적이나 돌이나 나무를 깎아 낸 자국만 보고도 어느 정도 솜씨인지를 알 수 있는 것이 미술 작품 잘 보는 사람들의 내공입니다. 일반인들은 붓질의 솜씨를 알아내기가 쉽지 않습니다. 일반인들이 보기에는 그냥 끄적거려 놓은 것 같은 작품이 사실은 상당한 공을 들여 완성한 것일 수 있습니다. 미술사에 대한 안목을 갖춘 사람은 바로 이런 작품을 분별하는 힘이 있는데, 이것이 다른 학문과 구별되는 특징입니다.

작품을 평가하고 분별하는 시각을 기르는 것은 만만치 않습니다. 제가 대학에서 강의하면서 항상 중요하게 생각하는 것이 바로 이 점입니다. 어떻게 안목, 감각을 기를 것인가? 좋은 것을 정확하게 보고 깊이 있게 느끼는 힘을 어떻게 길러 낼 수 있을까? 이렇게 고민하는 것입니다.

저는 이 학문이 예술 작품을 분별해 내는 데 국한된다고 생각하지 않습니다. 우리는 일상생활에서 수없이 많은 '이미지'에 둘러싸여 있다는 것을 잘 깨닫지 못합니다. 사람들이 자기를 둘러싸고 있는 환경이나 '이미지'에 대해서는 좀 무관심한 편입니다.

질문　미술사나 평론이 그 '이미지'의 가치를 발견해 내는 작업이라는 말씀이군요?

박영택　네, 그렇습니다. '이미지'를 발견하고 그것이 어떤 '이미지'인지 분석해 내는 것입니다. 이런 작업은 예술 작품에 국한되지 않습니다. 평범한 사람들의 일상과도 관련이 있습니다. 우리 주위를 둘러싼 '이미지'를 분별하는 능력은 삶을 더욱 풍성하게 만들고 세계에 대한 시각을 심화하는 데 없어서는 안 될 자질이기 때문입니다. 미술사 공부는 바로 이런 의미에서 중요합니다.

질문　그런데 앞에서 근대미술이 인상주의에서 시작됐다고 하셨으니, 인상주의에 대해 좀 더 알아봐야 할 것 같습니다.

박영택　근대미술이 시작된 지점을 르네상스로 볼 수도 있습니다. 그러나 인상주의 전과 그 이후로 미술가가 좀 더 극명하게 나뉜다고 볼 수 있습니다. 인상주의 전의 미술은 어쨌든 종교적이고 신화적이며 이데올로기적인 도구 구실을 했습니다. 당시 화가들은 오늘날과 같은 자유로운 직업 화가가 아니라 어디에 종속된 장인이었습니다. 그런데 인상주의 시기에 접어들어서는 전제군주 체제가 유지되기 어렵게 되었습니다. 종교나 특정 지배계급으로부터 자유로워지는 순간 미술가들은 독립적인 존재가 되었고, 작품도 주문에 따른 생산이 아니라 스스로 느끼는 것을 표현하기 시작했습니다.

이렇게 작가 스스로 작품에 의미를 부여하면서 그것을 냉혹한 시장에 내다 팔아야 하는 상황이 되었고, 신화나 종교의 그림은 그릴 필요가 없어졌습니다. 작가들은 이제 '내가 왜 그림을 그리는 걸까?', '그림이란 무엇일까?' 같은 질문을 하게 됐습니다. 미술을 개념적으로 사고해야 하고 스스로 의미를 부여해야 하는 상황이 되면서 미술에 대해 스스로 해석하는 작업이 이어진 것입니다.

질문　작가가 생산의 주체가 되었군요?

박영택　그렇지요. 작가들은 이제 고독한 개인이 되었습니다. 그래서 인상주의부터 사실상 현대미술이 시작했다고 봐야 합니다. 현대미술의 성격을 한마디로 말하자면, '미술이 무엇인가?'라는 개념적 질문을 던지고 그 답을 찾기 시작하는 단계라고 할 수 있습니다. 미술에 대한 추상적 생각인 이 질문은 미술 작품의 물질적 조건들을 구체적으로 살펴보는 작업으로 이어집니다. 미술이라는 개념은 다소 추상적이지만 작품은 구체적인 물질로 이루어지기 때문입니다.

회화 작품은 캔버스라는 2차원에 물감을 발라야 탄생합니다. 조각

〈까마귀가 나는 밀밭〉(1890, 103X50.5cm)

은 돌이나 나무를 깎아야만 되지요. 다시 말해, 추상적인 논리와 이념을 떠나서 물질로 구현되어야 하는 것입니다. 고흐Vincent van Gogh의 〈까마귀가 나는 밀밭Wheatfield with Crows〉이라는 그림이 있지 않습니까? 이 그림은 그 전 그림과 극명한 차이를 보입니다. 아시다시피 다 빈치Leonardo da Vinci가 그린 〈모나리자Mona Lisa〉는 상당히 정교하고 사실적입니다. 그런데 그 그림은 붓질이 잘 드러나지 않습니다. 반질반질하지요. 〈모나리자〉는 목판에 그린 유화인데, 어쨌든 기가 막히게 잘 그렸습니다. 서양인들은 그리스 시대부터 '이미지'가 눈을 속일만큼 완벽히 외부 세계를 재현해 내는 것이라고 생각했습니다. 그것이 서양 전통 회화의 모토였다고 하겠습니다. 그러다 보니 기가 막히게 잘 그려지는 유화물감도 만들어 내고 원근법도 만들어 낸 것입니다. 또 그 유화물감을 자유자재로 구사하는 탁월한 기술들이 향상해서

〈모나리자〉같이 좋은 작품들을 만들어 냈습니다. 회화 작가들의 지향이 이랬기 때문에 사각형 틀에 있는 그림이라도 딱 보는 순간 사람들은 그것이 실제인지 가짜인지 헷갈리게 됩니다. 이런 효과를 끄집어내기 위해서 화가의 붓질을 교묘하게 은폐하는 것입니다.

그러나 고흐는 달랐습니다. 그는 까마귀가 나는 밀밭을 완벽하게 사실적으로 재현하는 대신 물감과 붓질을 단속적으로 칠해 나가면서 그것이 물감과 붓질로 이루어진 조형, 그려진 그림이라는 사실을 드러내 버립니다. 화가가 바라본 풍경을 자신의 감정으로 재해석한 것입니다. 그의 작품은 그림이라는 것이 죽었다 깨어나도 물감과 붓질로 이루어졌다는 사실을 정확하게 증명하고 있습니다. 미술사학의 용어로 고흐의 그림은 회화의 '존재론적 근거'에 기초해 만들어진 것입니다.

다시 말하지만, 회화는 캔버스에 그려진 것입니다. 캔버스는 납작한 평면입니다. 평면에 3차원적인 세계를 집어넣는 것 자체가 사실은 말이 되지 않습니다. 논리적인 모순이라고 할 수 있지요. 그런데 이 모순을 전통 회화에서는 원근법이라는 수법으로 감추었습니다.

원근법이라는 것은 2차원적 표면에 3차원적 세계를 집어넣기 위해서 고육지책으로 만든 방법론이라고 볼 수 있겠습니다. 원근법을 사용한 3차원의 2차원화는 그림을 보는 사람들에게 이렇게 세상을 보라고 화가가 제시하는 것과 같습니다. 미술 작품은 특정 사회·특정 시대의 사물과 세계를 보는 관점들을 반영하는 한편, 세계를 이렇게 보라며 시점을 교정하기도 하지요. 그런데 현대미술에 와서 비로소 그 모순에 눈을 돌리고 어떤 시점으로 세계나 사물을 보여 주어야 하는

가를 고민합니다.

인상주의 이후 오늘날 포스트모더니즘이라는 흐름이 나타나기까지 큐비즘·초현실주의·추상표현주의·미니멀리즘 등 다양한 양식이 등장했습니다만, 작품에 대한 이런 시각들은 기존 미술에 대한 끝없는 회의와 질문과 반성의 결과입니다. 우리가 미술 작품을 계속 공부하면서 얻는 아주 중요한 것은 바로 세상 사람들이 당연시하며 받아들이는 어떤 관점이 사실은 상대적일 수 있다는 깨달음입니다.

모든 학문이 마찬가지겠지만 현대미술을 공부할 때 '아, 미술은 아주 지적이고 과학적이고 분석적이구나.'라는 생각이 듭니다. 작품을 분석할수록 어떤 사물과 세계가 집요하게 분석될 수 있다는 관점이 서게 됩니다.

질문　미술 작품이 생산자의 관점이 표현된 것이라면, 결국 '미술을 생산하는 과정에서도 규범이라는 것이 없을 수 있다'는 주장으로 연결될 것 같습니다.

박영택　그렇지요. 어떤 작품을 분석하는 관점이 있다면 언젠가는 거기에 반박하는 또 다른 관점이 등장합니다. 작품을 해석하는 과정에 계속 새로운 해석 관점이 나타나는 것입니다. 인상파의 해석을 거부하면서 나타난 흐름이 후기 인상파, 큐비즘입니다. 입체주의라고도 하는 큐비즘은 당시 회화에서 추구하던 시각의 리얼리즘을 넘어 '이념의 리얼리즘'을 추구해, 3차원인 대상을 2차원의 화면에 나열하고 시간을 화면에 도입했습니다. 물체를 입방체처럼 분해하고 그 단면을 재구성하는 작업을 주로 해, 대표작으로 피카소Pablo Picasso의 〈아비뇽의 처녀들Les Demoiselles d'Avignon〉과 브라크Georges Braque의 〈에스타크 L'Estaque〉를 꼽을 수 있습니다. 물론 큐비즘에 반하는 흐름도 일어났고, 그것이 초현실주의입니다.

작가들은 선배 작가들의 그림을 계속 관찰하고 공부해야 합니다. 앞 시대의 것을 공부하지 않으면 결코 그 작품을 넘어설 수 없기 때문입니다. 인상파 화가들의 작품이 미술관으로 들어가는 순간 그것을 분석하며 공부한 작가들이 나타나, 자유롭고 자발적인 개인의 감정 표현을 강조하며 자유로운 기법을 이용하는 추상표현주의를 만들어냅니다. 어떻게 보면 미술의 역사는 미술이 '이런 것'이라고 규정하는 순간 또 다른 관점이 나타나며 끝없이 기존 관점을 대체해 온 것입니다.

앞서 말한 것처럼 근대에 들어서서 개인을 비로소 발견하고, '나는 무엇인가?'라는 존재론적 질문이 시작됐습니다. 바로 이 질문으로 미술을 대하기 시작합니다. 추상화를 예로 들어 봅시다. 추상화는 외부 세계를 재현하는 것이 아닙니다. 물감과 캔버스라는 물리적 조건을 일단 전제하고, 그 위에 어떤 것을 표현할 수 있는가를 고민합니다. 캔버스에 무언가를 표현하기 위해 붉은색이나 파란색의 하늘을 어떤 물감으로 재현할지 고민할 수 있습니다. 그런데 추상화 단계에서는 어떤 사물을 지시하거나 재현하는 데 종속된 물감이라는 것에 구속받지 않습니다. 그냥 그 자체로, 느낌이 떠오르는 대로 캔버스에 물감을 발라 버립니다. 색이라는 것들을 대상에 종속된 관계에서 자유롭게 풀어 준 것입니다. 외부 세계를 캔버스에 재현해야 한다는 강박감을 지워 버리고 붓질만으로, 납작한 표면에 물감을 문지르며 자신을 표현합니다. 이것도 충분히 회화가 됩니다. 물감의 상태, 붓질의 운용만으로도 그림이 됩니다. 그런데 화가 자신의 느낌이나 관점에서 캔버스에 물감을 칠하니까, 그림을 보는 사람들은 재미가 없다고 느끼기 시작합니다. 그림이 차츰 너무 난해해지니까 당연히 대중은 멀어졌고, 대중의 관심이 미술보다는 대중매체에서 쏟아 내는 수없이 많은 영상 이미지 쪽으로 기울었습니다. 또 현대미술이 엘리트적인 것에 국한되다 보니, 그에 대한 반성이 최근 나타났습니다. 바로 포스트모더니즘입니다. 이 관점에서는 캔버스가 2차원적인 평면이기는 해도 이미지라는 것은 역시 무언가를 반영하며 표현해야 된다고 봅니다. 이런 생각에서 역사적 주제들이 다시 캔버스에 돌아오기도 했습니다.

질문　포스트모더니즘이 미술에 반영되어서 역사적·사회적 주제들이 다시 작품에 들어갔군요?

박영택　네, 포스트모더니즘 단계는 '이미지'가 다시 복원됩니다. 이런 시도는 1960년대 워홀Andy Warhol의 작품에서 이미 보입니다. 미술사에서 포스트모더니즘의 아주 중요한 선구자인 그는 '미술'이 결국 이미 일상에 있는 것을 차용하는 것이라고 봅니다.

질문　과학과 예술의 차이일까요, 사회과학이나 자연과학과는 다르게 미술 작품은 주체의 시각을 솔직하게 드러내는 데서 시작된다는 생각이 듭니다.

박영택 그렇습니다. 작가 자신을 표면적으로 정확하게 드러내는 것이 중요합니다. 작가의 작품은 객관성과는 무관합니다. 그래도 미술 작품이 그 어떤 것에도 얽매이지 않는 것은 아닙니다. 미술계는 박물관, 미술관, 작가, 비평, 화상, 수집가, 언론 등과 다양하게 연관되어 있습니다. 작가들은 미술계를 염두에 두게 됩니다. 어떤 작품들이 화제가 되는지, 어떤 것이 걸작이며 시장성을 갖고 있는지 열심히 파악합니다. 그 분석 결과에 따라 중요하다고 논의되는 무언가를 생산합니다. 이렇게 보면, 사실상 미술은 학습되는 것이라고 할 수 있겠습니다. 대학에서 미술을 배울 때 선생님들이 "이것이 미술이다."라고 하면, 그것을 배운 학생들이 그 방식으로 작품을 생산하게 됩니다. 무척 위험한 일입니다.

질문 근대에 작가라는 주체가 복원됐다고 하셨는데, 재미있게도 이제 시장이 미술 작품의 소통 공간이 되면서 시장의 힘이 예술을 좌우하는 것은 아닌가 싶습니다.

박영택 참 중요한 말씀입니다. 박수근朴壽根의 그림이 고가로 판매되었다는 기사가 가끔 나오는데, 작품 한 점당 가격이 30억~40억 원 정도 합니다. 그런데 미술 작품의 가치는 그 중요성을 떠나 시장 논리로 매겨지는 경우가 많습니다. 제가 보기에 미술 평론가나 전시 기획자의 형편은 사실 매우 열악합니다. 근대미술이라는 분야가 생겼을 때는 미술사가들이 작품을 논의했습니다. 그러다 1950년대에는 미술 평론가들이 주축이 됩니다. 1980년대와 1990년대를 지나면서부터는 큐레이터들이 실질적인 발언을 하게 됩니다. 그런데 오늘날에는 그들보다 화상이 더 강력한 영향력을 발휘합니다.

미술 시장이 오늘날 미술을 좌우하는 것입니다. 무엇보다도 경제적 능력이 큰 수집가가 그 중심에 있습니다. 유명 수집가가 특정 작품을 사들이면, 그 순간 시장에서 그 작품의 가치가 뛰어오릅니다. 특히 현재 세계적 명성을 누리는 영국의 대표적 수집가인 사치Charles Saatchi와 그의 갤러리가 시장을 좌지우지하고 있습니다. 그만큼 자본이 압도적인 힘을 발휘하는 것이지요. 별 볼 일 없을 것 같은 작품이라도 그가 사들이면 값이 엄청 오릅니다.

오늘날 미술 시장은 극도로 상업화되었습니다. 그러나 여전히 미술 이론가나 큐레이터, 평론가 들은 미술의 새로운 의미를 만들어 내는 작품을 발굴하고 재평가해야 합니다. 사실 근대에 들어서 미술 분야 자체가 경제적으로 상당한 어려움을 겪습니다. 전에는 귀족이나 왕족 들이 작품을 많이 구입했기 때문에 작가들이 비교적 어렵지는 않게 생활할 수도 있었습니다. 그런데 근대에는 작품을 팔아서 생활하기가 무척 어려워졌지요. 지금도 그렇습니다. 제가 보기에 오늘날 한국에서 미술 작품을 팔아서 생활할 수 있는 작가는 전체 작가 중 3, 4퍼센트도 되지 않습니다. 대다수 작가들이 작품을 팔아서 산다는 것을 상상하기도 어렵습니다.

질문 결국 미술이 활성화되려면 안목 있는 수요자들이 많이 나타나야 한다는 말씀인 것 같습니다. 미술적 안목은 교육을 통해 길러야겠지요?

작품에 대한 이런 시각들은 기존 미술에 대한 끝없는 회의와 질문과 반성의 결과입니다. 우리가 미술 작품을 계속 공부하면서 얻는 아주 중요한 것은 바로 세상 사람들이 당연시하며 받아들이는 어떤 관점이 사실은 상대적일 수 있다는 깨달음입니다.

박영택 우리가 미술 작품이라고 말하는 것들은 사실상 우리 주변에 항상 존재하는 수없이 다양한 '이미지' 중에서 극소량입니다. 당연히 우리는 그런 작품보다 일상의 '이미지'에 더 많이 노출되어 있습니다. 광고, 패션, 일러스트레이션, 인테리어 등이 우리가 일상적으로 접하는 '이미지'입니다.

저는 학생들한테 미술이 책에 나오는 명화에 국한된 것이 아니라고 강조합니다. 나를 둘러싸고 있는 '이미지'를 읽어 내는 것 자체가 미술적인 행위입니다. 보통은 전시장에 전시된 작품, 흰 벽에 걸려 조명을 받는 것들이 작품이라고 불립니다. 그러나 저는 그 제도 바깥에 실재하는 미술이 수없이 많다고 생각합니다.

제도권의 미술과 일상의 미술, 그 사이에는 경계가 있습니다. 그 경계를 깨려고 해야 하고, 그럴 때 미술에 대한 대중의 관심도 늘어날 것이라고 봅니다. 예를 들어, 저는 학생들한테 공공 조형물에 관심을 가져 보라고 합니다. 서울 광화문에 세워진 이순신李舜臣 장군 동상 같은 것도 아주 중요하게 거론할 필요가 있습니다. 1968년에 박정희 전 대통령의 지시에 따라 김세중金世中이라는 조각가가 만든 이 작품을 진정한 '공공' 조형물이라고 볼 수는 없습니다. 이것은 다분히 '이데올로기 조각상'입니다. 우리가 늘 마주치는 시내 한복판에 서 있는 동상 하나를 둘러싸고 아주 첨예한 주장과 해석 들이 부딪치고 있다는 것입니다. 이런 사회적 쟁점에 관심을 가지면서 미술에 눈을 뜰 수 있습니다.

미술 행위라는 것은 어떤 작가가 우리가 늘 같이 보는 사물과 세계에 자신의 견해를 투사하는 작업입니다. 이런 행위를 보면서 우리가 한 수 배우는 것입니다. 내가 미처 보지 못하거나 느끼지 못하던 것을 작가가 예리하게 나타내 주었다는 것을 보고 평가할 수 있어야 합니다. 그래서 독일 사람들은 전시장 가는 것을 흔히 '모험하러 간다'고 표현합니다. 미국 사람들은 전시장 가는 행위를 '보고 즐기는 것'으로 생각하는데, 독일인들은 '모험하러 간다'고 해요. '모험'은 자신이 갖고 있던 사물의 세계에 대한 고정관념들을 깨러 간다는 뜻입니다. 사람들은 자신도 모르게 갖고 있던 견고한 세계관들을 예술 작품을 통해 깰 수 있습니다. 우리 미술교육도 하루빨리 이런 시각을 갖추도록 하는 방식으로 발전해야 합니다.

질문　미술에 관심이 있는 사람들이 조금 더 자세히 공부하려면 어떻게 노력해야 합니까?

박영택　우선 자기 주변에 있는 것들을 간과하지 말고 열심히 관찰해야 합니다. 밖에 서 있는 나무를 그저 나무로만 보아서는 안 됩니다. 나무에 자신의 상심을 투영해 보는 연습이 필요합니다. 뻔한 얘기일 수 있지만, 돌도 유심히 보면 그 표면에서 뭔가를 읽어 낼 수 있습니다. 이런 훈련이 되면 미술에 조예가 생기는 것입니다.

　미술은 논리적인 것이기도 합니다. 어떤 사람들은 추상화가 그냥 생각나는 대로 그리는 것이라고 아는데요. 추상화는 그런 것이 아닙니다. 추상은 아주 논리적인 것입니다. 물감과 붓질로 작품을 만들어 내는데, 논리적인 것을 따라 작품을 구상하다 보니 추상화가 된 것입니다. 우리는 서양미술이 이런 논리성에 기반을 두고 과거 작품을 새롭게 해석하다 불가피하게 추상화로 진전되었다는 속사정을 제대로 인식하지 못한 채 학생들을 가르쳤습니다.

폰타나Lucio Fontana라는 아르헨티나 출신 이탈리아 작가가 있습니다. 그는 단색으로 칠한 큰 캔버스를 제시합니다. 이런 것을 색면추상이라고 합니다. 캔버스에 단색만 쭉 칠했습니다. 그러고 나서 칼로 한가운데를 찢어 놓았습니다. 단호한 칼자국이 있어요. 제가 대학에 다닐 때 한 교수님은 이런 작품을 두고 붓으로 그린 이미지라고 했어요. 캔버스가 찢어지는 것처럼 그렸다는 것입니다. 사실은 작가가 실제로 캔버스를 칼로 찢었는데 말입니다.

미술 작품과 사조에 대해 정확히 이해하고 있다면 학생들에게 미술 작품을 재미있게 보는 방법, 우리 주변의 사물을 주의 깊게 관찰하는 능력을 길러 줄 수 있을 것입니다. 그런데 기본 지식이 없다 보니 미술 시간에 무엇을 가르쳐야 하는지, 어떤 능력을 기를 수 있는지 모르는 채 수업을 합니다.

평면인 캔버스에 입체를 담으려는 시도가 있었고, 엄밀히 말하자면 그것은 이미지를 거짓으로 담아내는 것이라고 했습니다. 그 '거짓된 그림'을 그리지 않겠다는 강박이 결국 추상화로 연결되고, 폰타나는 텅 빈 캔버스를 찢는 식으로 작품을 구상해 보게 된 것입니다. 작가가 어떤 작품을 내놓기까지 미술의 역사를 선생님이 설명할 수 있다면, 미술에 대한 학생들의 이해가 깊어지는 것은 당연하겠지요. 그런데 보통 미술 수업 시간에는 그저 인상파 화가는 누구다, 그 작품은 무엇이 있다는 식으로 암기를 요구합니다. 그러니 재미가 사라져 버립니다. 미술 작품을 정말로 진정성 있게 대하고 즐길 수 있도록 선생님들이 노력해 주셔야 합니다.

질문 미술을 즐기라는 말씀이 인상적입니다. 구체적으로 우리가 어떻게 미술을 즐길 수 있을까요?

박영택 미술을 즐기기 위해 우리 일상에 대해서 기존 상식을 잠시 접어 두고 회의를 품어 보는 것도 좋습니다. 관찰력과 상상력을 동원해 생각을 깊이 하면 할수록 다른 측면이 보입니다.

유명한 사찰에 많이들 가지요? 그 사찰에는 탑이나 단청이나 불상이 있게 마련인데, 그게 다 불교 교리의 이미지입니다. 불교에 대한 이해가 없으면 눈에 보이는 것도 제대로 알 수 없지 않습니까? 늘 의문을 갖고 탐구하면 사찰의 흔한 풍경 속에서도 탑이나 불상 같은 장치의 의미를 캐낼 수 있습니다. 많은 분들이 사찰에 가서 아무 의미도 찾지 않고 불상과 건물을 보고 돌아와 버리는데, 그렇게 해서는 배우는 것이 없습니다. 사찰에 설치된 장치들은 다 필연적으로 만들어졌습니다. 대웅전 앞 화단과 가파른 계단도 의미가 있습니다. 어떤 경우에는 주술적인 의미까지 담고 있습니다. 그런 것들을 이해하고 바라보면 눈앞에 있는 것들이 정말 흥미로워집니다. 탑을 왜 만들었을까? 계단이 왜 이렇게 생겼을까? 의문을 품고 보면 문화재를 제대로 감상하는 즐거움이 살아날 겁니다. 세상이 달라 보이지요. 미술 공부도 마찬가지입니다.

자연을 담은 산수화도 다르게 볼 수 있습니다. 산수화에 사람이 그려 있고 산속에 작은 집이 있다면, 그 뜻을 탐구해 봐야 합니다. 물가에서 멍하니 물을 바라보는 선비가 그려 있을 경우, 이것은 궁극적으로 유교 이념의 표현입니다. 작가가 자신을 그렇게 자연 안에서 유유자적하며 삶을 관망하는 존재인 군자로 그린 것입니다. 물을 보는 것은 지혜를 궁구한다는 뜻이고, 낚시를 하는 것은 세상이 자신을 부를 때까지 기다리겠다는 뜻을 담고 있습니다. 한편 동양화의 틀은 두루마리나 병풍이나 족자 등입니다. 서양화처럼 벽에 붙박이로 두지 않습니다. 때에 따라 펼쳤다 거두어들일 수 있습니다. "왜 동양화의 틀은 가변적일까?" "왜 동양화는 서양화에 비해 그림자가 보이지 않을까?" 동양화에 그림자가 없다는 것은, 애초에 그림을 그리며 실제를 똑같이 재현하겠다는 욕망이 없다는 의미입니다. 특정 시점에 바라본 풍경이 결코 그것의 본질이 아니라는 것입니다. 자연은 계속 변하잖아요. 그 가변성을 담는 방법은 병풍에 봄·여름·가을·겨울을 동시에 그리거나 모든 것을 먹색, 검은색 하나로 칠해 버리는 것입니다.

그림에 나타난 이미지는 이렇게 항상 문맥에 따라 형성된 것이라고 할 수 있습니다. 이를 깨닫는 것이 아주 중요한 미술 공부입니다. 미술 작품을 감상하는 능력을 기르면 '이미지'를 정확히 분별하는 힘이 생깁니다. 그런 능력을 기를 수 있는 책을 탐독하는 것이 우리 삶을 풍성하게 할 것입니다.

마지막으로, 이 책을 읽는 분들이 전시회에 많이 다니길 바랍니다. 작품은 가능한 한 그 앞에서 꼼꼼히 보며 자기만의 방법으로 해석하는 것이 좋습니다. 그 작품에 달라붙은 평가나 평론에 전적으로 의존하지 말고, 자기만의 방법으로 물감을 어떻게 쓰고 무엇을 어떻게 그렸는지 살펴보기를 권합니다. 캔버스 표면에 물감을 두껍게 올렸는지

얇게 올렸는지도 살피고, 물감이 캔버스 표면에 스며들었는지도 꼼꼼히 보십시오. 작가가 왜 그런 식으로 그렸는지, 왜 그런 식으로 물감을 사용했는지 곰곰이 생각해 보는 것이 좋습니다. 캔버스가 평면이니까 그 평면성을 극단적으로 보여 주기 위해 물감을 얹지 않고 스며들게 하는 작가가 있습니다. 두툼하게 칠한 작가들은 캔버스에 새로운 살을 부여하려고 한 것입니다. 박수근이나 김환기金煥基의 초기 작품들이 그 예입니다. 그들은 캔버스를 새로운 물질로 변형하려고 했습니다. 그들이 캔버스에 두껍게 칠한 것은 그림을 시각이나 촉각적으로 강조한다는 의도가 있었기 때문입니다.

물론 이렇게 추리하고 감상하려면 미술에 대한 기본적인 이해가 있어야 합니다. 예를 들어, 수학 공식을 알고 있다면 이를 응용해 문제를 푸는 방법을 익힐 수 있지 않습니까? 미술도 그렇습니다. 어떤 작품을 봤을 때 '아, 이렇게 그려졌구나!' 하고 파악하려면 기본 공식을 알아야 합니다. 그 공식을 많은 분들이 이해하지 못하는 것은 미술 교육의 문제라고 할 수 있습니다만, 미술 작품에 조금이라도 관심이 있는 분이라면 기본 지식을 습득하신 뒤 전시회를 다녀 보면 즐거움이 배가될 것입니다. 그리고 주변의 모든 것을 주의 깊게 관찰하고 그 존재에 대해 깊이 생각하는 힘을 갖는다면 더욱 좋을 것입니다.

과학 지식을 비판하고
재구성하는

과학
철학

Scientific Philosophy

이초식

서울대 철학과와 같은 대학 대학원을 졸업하고 오스트리아 잘츠부르크대에서 철학 박사 학위를 받았다. 서울교대, 건국대 교수를 거쳐 1981년부터 2001년까지 고려대 철학과 교수를 지냈다. 한국인지과학회 회장, 철학연구회 회장, 한국철학회 회장 등을 역임했고, 《인공지능의 철학》으로 1993년 연암학술상을 받았다. 2012년에는 영국 케임브리지의 국제인명센터에서 선정한 '국제 교육계의 인물'이 되었다. 과학철학, 논리학 등의 발전에 큰 영향을 끼쳤으며, 편역서인 《어린이를 위한 철학 교육》(1986)을 감수하는 등 국내 어린이 철학 교육의 시작과 발전에도 기여했다. 현재 고려대 철학과 명예교수로 후학 양성에 힘쓰고 있다.

대담—정용재(공주교육대학교 초등과학교육과 교수)

interview

질문   과학철학은 좀 낯선 학문입니다. 어떤 학문인지 소개해 주십시오.

이초식   과학철학이란, 말 그대로 '과학을 연구하는 철학'입니다. 그런데 이렇게 정의하면 약간 모호한 측면이 있습니다. 과학의 어느 분야를 연구하는가, 과학에서 쓰는 개념을 연구하는가와 같은 의문이 이어지기 때문입니다. 어떤 분들은 과학철학이 학문으로 성립할 가능성이 있는가에 의문을 품기도 합니다.

예를 하나 들어 보겠습니다. 제가 1962년쯤에 철학과 조교로 일하고 있었는데 당시 사회학과의 이만갑李萬甲 교수님이 철학과 연구실에 와서 과학철학에 관한 책을 찾으셨습니다. 그 무렵, 이 교수님은 사회학이 학문으로서 성립될 수 있는가를 고민하고 계셨습니다. 지금은 사회학이 학문이 아니라고 할 사람이 없겠지만, 그때는 사회를 연구

과학
철학

193

하는 것이 어떻게 학문이 될 수 있느냐는 회의가 많았나 봅니다. 그래서 이 교수님이 학문의 기준에 대한 고민을 풀려다 보니 과학철학이 무엇인지 알아보고 싶으셨던 겁니다.

'학문이 도대체 어떻게 하면 학문이라고 평가받을 수 있을까'라는 고민은 20세기 중엽에 세계적인 관심사였던 것 같습니다. 과학철학도 같은 고민 속에서 성장했습니다. 과학철학은 자연과학의 성과를 분석하고, 과학적인 개념과 방법을 탐구하는 학문입니다. 이 분야는 20세기 초 논리실증주의에서 출발했습니다. 당시 유럽의 지식인 중에는 로마 가톨릭의 초자연적인 교리, 기적 신앙에 반감을 품은 사람이 적지 않았습니다. 그들은 철학이 '신학의 시녀'라고 불리던 중세에 사람들을 지배하던 신념 체계가 매우 불합리하다고 생각했습니다. 종교적 신념이 사회를 지배해서 많은 폐단이 생겼다고 본 그들은 논리와 경험만이 중요하다고 주장하고 나섰습니다. 이런 분위기에서 과학이 중시되었고, 과학적 사고를 옹호하는 논리실증주의가 1920년대 빈 학단을 중심으로 등장했습니다.

질문   빈 학단은 파벌주의를 경계해 학파 대신 학단이라는 단어를 택했다는 말이 있던데요, 과학처럼 객관적인 철학을 지향한 그들답다는 생각이 듭니다. 빈 학단을 좀 더 소개해 주십시오.

이초식   1930년대와 1940년대 빈 학단에 속한 학자들이 미국으로 망명해 프래그머티즘 학자들과 '통일과학운동'을 전개합니다. 이 운동을 주도한 사람들은 모든 과학이 같은 언어, 같은 법칙, 같은 방법을 써야 한다고 주장했습니다. 그래서 과학철학은 과학 일반의 공통 개념과 통합적인 원리를 탐구합니다. 그러나 통합적인 원리를 탐구하는 경향은 학자들에 따라 조금씩 차이가 있었습니다. 실용주의로 번역되는 프래그머티즘을 추구한 미국 철학자들의 경우 행동주의 성향이 강한 반면, 유럽에서 이주한 철학자들은 논리 중심의 철학을 선호했고, 논리실증주의에 반기를 든 영국의 일상언어학파 철학자들은 논리적 구문이 아니라는 것을 약점으로 지적받던 일상 언어의 분석을 즐겼습니다. 논리실증주의자들은 논리적으로 진위가 명백하게 가려지는 언명이나 귀납적 관찰을 통해 사실을 확인할 수 있는 것만 정당한 과학 지식이라고 생각했습니다. 이런 견해에 따르면, 논리적인 문장으로 기술되거나 경험적으로 확증할 수 없는 지식은 과학적으로 무의미합니다. 이에 대해 반론이 등장합니다. 과학적 진술도 논리적으로는 진위를 가리기가 다소 어려운 경우가 많다는 것입니다. 이런 문제점을 해결하기 위해 포퍼Karl Popper는 "귀납이 아닌 연역만으로 과학을 할 수 있는 방법이 있다"라면서 '반증주의'라는 새로운 해법을 내놓았습니다. 그는 실험과 관찰을 통과해 어느 정도 신뢰를 얻은 지식을 "아직 반증되지 않은 가설"이라고 했습니다. 과학적 지식은 그 자체로 완전무결한 진리가 아니라, 진리를 향해 무한히 매진해 가는 과정에 만들어진 반증할 수 있는 가설이라는 것입니다.

한편 1950년대에 프래그머티즘 세계관을 가지고 있던 미국의 콰인Willard Quine이 빈 학단의 대표적 철학자인 카르납Rudolf Carnap을 비판하며 전개한 전체론은 과학철학의 전환기를 마련했습니다. 전체론은 전체가 부분의 단순한 총합이 아니라는 생각입니다. 또 전체가 부분에 선행하기 때문에, 부분이 기관 전체의 동작을 결정하는 것이 아니라 기관 전체가 부분의 동작을 결정한다고 봅니다. 근대과학은 자연현상을 최대한 부분으로 나누어 분석하고 법칙을 끌어내서 세계를 재구성하는 방식을 취했는데, 그런 접근 방식이 잘못되었다는 논리입니다.

질문 과학이 점진적으로 발전하는 게 아니라 패러다임의 교체에 따라 혁명적으로 발전한다고 한 쿤도 과학철학 연구에 영향을 끼쳤을 것 같습니다.

이초식 네, 쿤을 빼놓을 수 없지요. 그는 《과학혁명의 구조The Structure of Scientific Revolution》라는 책에서 과학 발전은 한 패러다임이 다른 패러다임을 물리치고 세상을 다른 방식으로 묘사하는 과정에 일어난다고 주장했습니다. 과학 이론은 특정 패러다임 속에서 나오기 때문에 그 자체로 오류인지 아닌지를 검증받지는 않고 패러다임의 변화에 따라 수정된다는 것입니다. 예를 들어, 뉴턴Sir Isaac Newton이 세 가지 운동 법칙을 정리한 이후 질량이 일정한 물체의 위치와 속도를 정하면 그것의 운동도 정확히 측정할 수 있다는 역학이 자리 잡았습니다. 그런데 양자역학이 등장해 운동에너지가 반드시 연속적인 것은 아니기 때문에 물체의 현재 상태를 정확히 알아도 미래의 사실까지 정확히 예측할 수는 없고 확률을 따질 수 있을 뿐이라고 주장합니다. 이것을 원자와 분자처럼 아주 작은 물체에 대한 설명으로 보여 주면서 뉴턴의 이론을 '고전'역학으로 만들어 버립니다. 과학 이론을 설명하는 새 표준모형, 즉 패러다임이 정립된 것입니다. 쿤은 패러다임의 변화에 대한 주장을 더 밀어붙여 과학은 과학자 집단이 연구하는 것이고, 그 과학자 집단은 어떤 패러다임을 가진 채 연구에 임한다고 했습니다. 그 패러다임에 대한 믿음에서 특정한 과학 이론이 만들어지는 것이며 패러다임이 변하지 않으면 과학 발전도 없다는 것입니다.

이런 새로운 주장이 등장했기 때문에 1950년대에서 1970년대까지를 현대 과학철학의 제2기라고 합니다. 이 기간에 초기 과학철학의 주요 테제들이 도전받았습니다. 새로 등장한 학자들은 과학의 설명, 확증, 발견 같은 개념이 실증주의 철학에서 생각하는 것보다 훨씬 복잡하다고 주장했습니다. 관찰 자체가 이미 어떤 과학 이론을 전제한다는 것입니다. 이런 주장 때문에 관찰의 객관성이 문제시되기도 했습니다.

질문 과학철학도 많은 사람들이 당연하다고 보는 것을 새로운 시각으로 보는 데서 발전한다는 생각이 듭니다. 과학철학의 제2기에는 어떤 논의들이 있었습니까?

이초식 논리적인 형식언어를 중시하는 논리실증주의 과학철학에 대해 비트겐슈타인Ludwig Josef Johann Wittgenstein의 '언어게임' 이론을 도입한 사람들도 있었습니다. 그들은 과학이 어떤 규칙에 따라 다양하게 운용되는 언어게임의 일종이라고 이해한 것입니다. 1960년대 중반부터는 영미 철학에서 논리실증주의나 논리경험주의를 낡은 것으로 치부하는 분위기가 강해졌지요.

그런데 인식론적 상대주의는 결국 회의주의로 빠져들기 마련입니다. 과학이 객관성을 갖고 있지 않다거나 하는 시각이 회의주의로 연결된다는 것입니다. 이런 문제의식을 가진 사람들은 새로운 접근 방식이 유사 과학과 과학의 구분을 희석하고 과학의 특성을 혼미하게 한다고 비판했습니다. 또 쿤의 패러다임이 실은 애매하고 논의 전개도 불명확하다고 응수했습니다.

초기 논리실증주의 철학자들이 물리학이나 수학을 전공해 기초 확립에 치중한 것과 달리, 제2기 과학철학은 과학의 역사나 사회학을 중시해 과학의 사회적 변천이나 구실에 관심의 초점을 맞췄습니다.

최근 경향은 개별 과학에 대한 세부적인 연구를 많이 하며 사회적으로 주목받는 개별 과학의 기반을 더 탐구하고 있습니다. 분자생물학의 발달과 더불어 화학과 생물학의 철학적 기반이 각별한 관심사가 되고 의료 기술의 발달로 치료가 새로운 문제로 등장함에 따라 의학의 철학이나 의료윤리에 더 깊이 접근하는 것입니다. 즉 생명 유지와 죽음, 의료인과 환자의 관계, 환자의 동의와 결단 등을 과학철학의 시각에서 재구성합니다. 그리고 인류의 미래와 환경문제의 대두는 더욱더 과학과 기술에 대한 철학적인 비판과 재구성을 요구합니다. 과학자들의 연구 활동 내부를 관찰할 때도 초기 과학철학의 주제인 과학적 설명, 예측, 환원, 확증 같은 개념이 꼭 필요하다는 것을 확인하면서 근래에는 논리실증주의를 재고하자는 목소리도 나오고 있습니다.

실증의 기초가 되는 경험이 과학적 관찰의 경우 이론과 불가분의 관계에 있다는 점에서 쿤을 비롯한 학자들의 '관찰이 이론을 담고 있다'는 주장은 어느 정도 맞는 말입니다. 과학적 관찰은 가설을 검토하기 위한 관찰이라서 그 가설과 연결되는 이론이 없을 수 없지요. 그래서 이론 없는 관찰은 맹목이라고 할 수 있습니다. 그러나 관찰 없는 이론은 공허하다는 교훈도 잊어서는 안 됩니다. 과학적 탐구에서 관찰의 중요성을 무시할 수 없기 때문입니다. 물론 단 한 번의 관찰로 오래 지속된 이론을 포기하지는 않습니다. 하지만 관찰에 따른 반증 사례는 이론을 재고하게 되고, 그것이 쌓이면 이론을 포기하게 된다는 쿤의 패러다임 전환도 결국 관찰의 중요성을 무시하지 않았습니다.

예를 하나 더 들어 봅시다. 지동설과 천동설이 다르긴 해도 천동설에 따른 금성 관찰과 지동설에 따른 금성 관찰이 서로 다른 금성을 보는 것은 아닙니다. 동일한 금성을 달리 풀이할 뿐이지요. 물론 관찰이 잘못될 수 있기 때문에 여러 번 다각도로 관찰하고 이것을 통계적으로 처리해 확률적인 결론을 도출하는 것이 과학자다운 자세입니다. 과학자들이 패러다임에 갇혀 있고, 패러다임의 전환으로 과학혁명이 일어난다는 주장에 너무 매몰되어 관찰과 실험의 중요성을 부정해서는 곤란합니다.

한편 1950년대에는 인지과학이라는 분야가 등장합니다. 컴퓨터의 출현은 계산과 추리의 새로운 도구를 제공하는 데 그치지 않고 인간 존재에 관한 사고 모델을 바꾸고 과학에 관한 사고도 달리하게 했습니다. 인간 지성을 모방해 컴퓨터를 만들었는데, 오늘날은 역으로 지성 연구에 컴퓨터를 활용하는 것입니다. 인간의 두뇌를 컴퓨터의 입출력 작업과 연결하는 가설을 설정하기도 하지요.

질문　서구의 과학철학이 우리나라에는 언제 들어왔습니까?

이초식 우리나라에서 과학철학이 대학 철학과 강좌로 소개된 것은 1950년대 중반이고, 서울대학교 김준섭金俊燮 교수님의 《과학철학 서설》은 이 분야의 첫 책이라고 할 수 있습니다. 그 전에는 독일 관념론이 한국의 철학계를 지배했기 때문에 과학은 철학적 연구의 대상으로 보지 않는 경향이 강했어요. 미국을 통해 영미 철학이 소개되면서 철학이 인문과학뿐만 아니라 자연과학, 기술과학과도 긴밀히 연결된다는 것을 알게 되었습니다. 우리나라가 일제에서 해방된 1945년에 문맹자가 인구의 80퍼센트를 넘었고 대학 졸업자가 몇 명 되지 않았으며 철학을 전공한 대학교수도 거의 없었습니다. 해방 후 좌우 대립의 혼란기와 한국전쟁을 겪고 얼마 되지 않아 소개서이긴 해도 과학철학이라는 이름이 붙은 책이 나왔다는 것은 특기할 만합니다.

질문 선생님은 학창 시절을 어떻게 보내셨습니까? 철학, 특히 과학철학에 관심을 두신 까닭이나 과정이 궁금합니다.

이초식 인생을 드라마에 비유하기도 하지요. 나 자신이 기획하고 연출하는 드라마, 물론 내가 주역을 맡는 내 드라마. 학창 시절에 철학과를 지망하고 과학철학에 관심을 두게 된 것은 바로 제 드라마의 한 장면인데요, 그 장면을 이야기하려면 간략한 지난 줄거리가 필요합니다.

저는 54학번으로 대학에 들어갔습니다. 중학교 3학년 때 한국전쟁이 일어나 3개월간 서울에서 인민군 치하 생활을 했어요. 9·28서울수복 후에는 학교 뒷산에 쌓인 시체를 치우고 공부하기도 했지요. 1·4후퇴 때는 피난살이를 하며 우리 가족의 생계를 맡았다가 고등학교

2학년 때부터 공부를 다시 시작했어요. 가끔 동두천 방향에서 울리는 포성을 들어 가며 수업을 받았습니다. 고등학교 3학년 때 휴전으로 그 포 소리가 멎었습니다.

이런 상황을 겪었기 때문에, 어느 분의 말씀대로 '내가 붙들고 살 수 있고 그것을 위해서는 죽을 수도 있는' 무엇이 필요했습니다. 저는 그것을 종교에서 찾아 신학교에 가려고 했습니다. 그런데 제가 존경하던 목사님과 제 장래에 대해 이야기하다가 뜻밖의 말씀을 들었습니다. "내 큰 약점이 목사라는 것이다. 네가 목사 되기를 꼭 원한다면 철학을 먼저 공부해라. 철학 공부를 4년 하고도 목사가 되고 싶다면 그때 신학교에 가도 늦지 않다." 저는 이 충고를 들은 뒤부터 철학에 관심을 갖고 철학 책을 보게 됐어요.

제가 학자로 일생을 마칠 줄은 전혀 몰랐습니다. 다만 "중학교도 제대로 졸업하지 못하고 장사하며 살았는데 대학을 나와 굶어 죽기야 하겠나. 칸트는 오랫동안 가정교사를 했고 스피노자Baruch Spinoza는 안경알을 갈아 생활했다는데 나도 그런 식으로 살면 되지." 하고 철학과에 들어가니 마음은 편했어요. "서울시 상공에서 폭탄을 투하하는 방향이 조금만 달랐어도, 서울수복 때 폭탄이 조금만 가까이 떨어졌어도 나는 여기 없는 몸이 아닌가? 오늘 벌지 않으면 굶어야 하는 처지에서도 살아남았다. 그저 살아 있다는 사실에 감사하면서 하고 싶은 공부나 하며 살다 가자!" 이런 생각이 저를 지배했어요. 당시 문리과대학 분위기도 마음에 들었습니다. 직업을 얻기 위한 대학은 대학이 아니라며 학문 자체를 사랑하고 탐구하는 우리 대학만이 대학 중의 대학이라는 자부심이 강한 학생들이 많았습니다. 이런 분위기에서

과학
철학

1학년 학생들이 3, 4학년 강의에 들어가기도 하고 다른 과 강의도 무척 많이 들었어요. 저는 물리학과 학생들이 수강하는 물리학개론과 의대 명주완明柱完 학장님이 학장실에서 강의한 정신분석학을 들었고, 수강 신청을 하지 않고 들어간 강좌도 많았습니다. 한때는 하이데거 Martin Heidegger를 전공하려고 그의 책《형이상학이란 무엇인가 Was ist Mataphysik》 원서를 들고 씨름하기도 했는데 무슨 말인지 도저히 이해할 수 없어서 포기했습니다.

그러던 중에 김준섭 교수님의 수리 논리 강의를 들었는데, 다른 철학과 강의와 달리 새로운 기호들에 대한 논의가 아주 흥미로웠어요. 아마 제가 수학에 관심이 있었기 때문인 것 같아요. 그 강의를 통해 수학과 친구들을 사귀고, 수업이 끝난 뒤에는 다방에 가서 논의를 계속하기도 했습니다. 김준섭 교수님은 강의실에서 만나기 전에 남산에서 아침 산책을 하며 만나던 분이라 친근했는데, 그것도 과학철학을 공부하게 된 계기일 것 같네요. 당시 과학철학과 기호 논리는 새로운 철학 분야라서 배워 보라고 권하는 분들이 많았습니다. 헤겔의 독일 관념론이나 실존철학같이 논리실증주의와 대립되는 학파를 연구하는 분들도 권했거든요. 그래서 새 분야를 개척한다는 자부심이 있었습니다.

질문   본격적으로 연구를 진행하면서 관심을 두신 분야는 무엇입니까?

이초식   졸업논문을 준비할 때쯤 전공을 확실히 정했습니다. 다른 학과 학생들과 사귀면서 토론하는 재미가 전공 선택에 영향을 줬지요. 현대 철학에서 큰 구실을 하는 논리경험주의와 프래그머티즘이 토론과 공동 연구를 통해 형성되었다는 점을 눈여겨봤습니다. 철학적 토론이 중요하다는 것은 학부 때 어느 세미나에서 읽은 요르겐센Joergen Jorgensen의 《논리경험주의: 그 시작과 발전 과정The Development of Logical Empiricism》에서 터득했습니다. 과거의 철학 학파들은 어떤 대가를 중심에 두고 그의 사상을 지지하는 학자들이 그 사상을 강화하면서 형성되었는데, 논리경험주의는 좀 다릅니다. 사상 경향만 같고 세부적으로는 의견이 다른 학자들이 토론하는 가운데 형성되었기 때문이지요. 철학자뿐만 아니라 물리학자, 수학자, 심리학자, 법학자, 사회학자 등이 함께 토론하며 철학의 방향을 잡아 간다는 것이 무척 마음에 들었습니다.

빈 학단은 1923년 빈대학 슐리크Moritz Schlick 교수의 세미나에서 시작되었다고 합니다. 1925년에는 목요일 밤 토론 모임이 만들어지고, 1926년에 카르납이 이 대학에 교수로 가면서 활발히 진행되었습니다. 이 학단이 1930년 칼리닌그라드에서 한 발표회가 유명합니다. 논리학과 수학의 기초 이론이 주제였는데, 당시 이 분야 3대 진영의 사상을 대표한 권위 있는 사람들의 발표였기 때문입니다. 바로 카르납의 논리주의, 하이팅Arend Heyting의 직관주의, 노이만John von Neumann의 수학의 형식적 기초라는 형식주의 발표입니다. 카르납이 수학의 개념과 정리를 논리학을 통해 이끌어 낼 수 있다고 했다면, 하이팅은 수학의 근본이 인간의 직관과 상상력이라고 보고 명제 계산의 진리치로 참과 거짓에 더해 미결정이라는 것을 제시했고, 컴퓨터 설계의 기초를 제시해 유명한 노이만은 수학을 의미 없는 형식적 조작으로 정리하려고 했지요. 그리고 이때 아인슈타인의 상대성이론 발견에 버금갈 만한 논리 분야의 발견을 20대의 오스트리아 학자인 괴델Kurt Friedrich Gödel이 구두로 제의했습니다. 산술화된 수학의 형식 체계에 참이라도 참인 것을 증명할 수 없는 문장이 있다는 '불완전성 정리'의 기초가 나온 겁니다. 그때는 괴델이 무명의 청년이라서 카르납과 빈에서 의논했다고 설명했는데도 별로 주목받지 못했다는 일화가 있습니다.

1935년에는 파리에서 사회학자이자 철학자인 노이라트Otto Neurath가 '국제과학철학회'라는 이름으로 《국제통일과학백과사전International Encycolpedia of Unified Science》을 기획했습니다. 세계 논리 기호법의 통일을 위한 모임도 구성됐지요. 1936년에는 코펜하겐에서 제2회 국제통일과학회가 열리고, 이 회의가 1937년에는 파리에서 제9회 국제철학회와 연합해 열립니다. 우리나라에서 이런 학파나 학회를 만드는 것이 제 소원이었어요. 최근 한국철학회가 국제철학회를 열고 철학 교육 분야에서 세계적 학회인 세계유청소년철학교육학회ICPIC도 열렸으니 소원을 이뤘다고 해야겠지요.

1928년 카르납이 구성 이론에 기초해 쓴 《세계의 논리적 구조Der Logische Aufbau der Welt》는 빈 학단의 토론을 더욱 활발하게 하고 그가 학단의 중추로 자리 잡게 했습니다. 또 비트겐슈타인은 당시 건축에 열중하느라 학단에 직접 참여하진 않았지만 그의 책 《논리철학논고 Tractatus Logico-Philosophicus》를 통해 많은 영향을 주었습니다. 이 책에서 그가 처음으로 소개한 명제의 진리표와 카르납이 제시한 세계의 구성 이론은 제가 많은 상상을 할 수 있게 했어요. 참인 명제들을 출발점으로 하고 이들을 논리적으로 결합 구성하든가 진리표를 활용해 복잡한 명제들을 진리함수 방식으로 분석하고 참인 명제들로 환원하면 세계를 명확하게 이해할 수 있겠더라고요. 이런 논리의 기계화 작업이 가능할 것 같아서 기계를 발명하면 재미있겠다고 생각했는데, 나중에 그것이 바로 컴퓨터라는 것을 알았습니다. 저는 우리나라에 컴퓨터가 도입될 때 생산성본부에서 컴퓨터 강좌를 수강했는데, 수치 계산 프로그램인 포트란의 기초를 익히고 봉급 계산법을 배운 것이 전부였어요. 당시 컴퓨터는 역사책에서나 볼 수 있을 겁니다. 수강생들이 프로그램을 작성하면 그곳 직원들이 교실 하나 크기의 방을 차지할 만큼 큰 컴퓨터에 카드를 넣어 천공, 즉 구멍 뚫기를 통해 기록하고 그 정보를 읽어 낸 뒤 프린터로 출력합니다. 이런 광경 모두가 신기하기만 했습니다.

경험과학을 경험명제들의 집합이라고 할 때 컴퓨터의 논리적 처리 작업은 모든 과학의 골격이 되겠다는 생각이 들었습니다. 그런데 관찰이나 실험으로 확립되는 경험명제들은 참이나 거짓으로 판정되는 때보다 통계에 따라 확률적으로 표현되는 경우가 많아요. 그래서 확률이나 귀납 논리가 더 중요할 것 같았는데, 때마침 카르납의 대작 《확률의 논리적 기초Logical Foundations of Probability》가 나와 1961년에 쓴 석사 학위 논문에서 이것을 주로 다뤘습니다. 그리고 1974년 잘츠부르크대학에서 박사 학위 논문을 쓸 때도 확률과 인간 행위를 연결하는 규범적 확률을 구상하며 제목을 〈확률과 결단: 규범적 결단 이론의 메타이론적 탐구〉로 정했습니다.

질문　선생님께서 전문 연구자로 성장하는 과정에 감명 깊게 읽으신 책이 있습니까?

과학철학의 교양을 익히는 일은 육상 훈련에 비유할 수 있을 겁니다. 육상은 각
종 운동경기의 기본이지요. 과학철학 교양도 많은 것에 적용할 수 있는 지식의
기초 체력, 지력智力입니다.

이초식 질문을 받고 보니 몇몇 책이 떠오르는데, 그중 하나가 특별하네요. 학창 시절뿐 아니라 대학에서 철학 강의를 하는 동안 그리고 지금까지도 철학을 하는 데 큰 도움을 주는 책입니다. 저와 가까운 선후배 철학자들 중에도 그 책을 저처럼 생각하는 분들이 있습니다. 박종홍朴鍾鴻 선생님의 《철학개설》이 바로 그 책입니다. 이 책은 서양철학뿐 아니라 동양철학과 한국 철학의 선구자들까지 논하고 있습니다. 이 방대한 영역을 저자의 독자적인 시각에서 각 사상의 핵심을 선별해 짜임새 있게 논합니다. 문장도 명문입니다. 중등학교 국어 교과서에도 일부가 실린 것으로 알고 있습니다.

인간이 현실을 파악하는 유형을 '향내向內'적인 것과 '향외向外'적인 것으로 구분하고, 이에 따라 철학사에 나타난 다양한 철학의 학설이나 학파를 검토하며 양자의 장점을 취하고 결점을 제거해 더 좋은 것을 탐구해 가는 변증법적 방법을 채용한 것이 이 책의 특색입니다. 이 틀을 구성하는 데 심리학자 융Carl Gustav Jung의 내향형·외향형 심리 분석과 인간의 기질을 부드러운 기질과 억센 기질로 구분한 제임스William James의 철학 성향 분류가 영향을 준 같습니다. 이 틀로 현대 철학을 분류해 보면, 현대의 향외적 철학은 프래그머티즘과 논리실증주의와 변증법적 유물론이고 향내적 철학은 유신론적 실존철학과 무신론적 실존철학입니다.

이런 분류가 애매하다는 비판이 있지만, 다양한 철학 학설들을 보는 안목을 하나 제공한 것은 틀림없습니다. 그리고 엄밀히 말하면, 철학사의 자료들을 완전히 객관적으로 선택할 수는 없습니다. 객관적이라는 것도 자세히 보면 관례화된 틀을 답습하는 것이니까요. 오히려 관례를 벗어나 자신의 시각을 밝히는 편이 솔직합니다. 공정하다는 착각을 피하게 하기 때문입니다. 철학 강의를 하면서 교재가 필요해 저도 개론서를 집필했는데, 철학사 서술의 관례적인 틀을 따랐어요. 민주 이념의 확립에 초점을 두었지만, 체계적으로 전개하지는 못했습니다.

박종홍 선생님의 《철학개설》은 쉽게 서술하면서도 분명히 핵심을 통찰했습니다. 제가 관심을 기울인 '논리실증주의의 대두'라는 항목만 해도 감탄하지 않을 수 없습니다. 그 '유래'를 서술할 때 골격을 잡아 줄거리를 멋지게 요약했고, '주장의 요점'에서는 논리실증주의가 논리적 구조를 강조하는 요점을 들어 다른 경험론이나 실증주의와 구별되는 점을 '형식적 구조'라고 지적합니다. 형식적 구조를 통해 사상의 특성을 설명하는 것도 사상 전체를 바로 이해하지 않고는 할 수 없는 일입니다.

질문　**과학철학 분야의 책 중에서도 추천하시고 싶은 것이 있을 텐데요.**

이초식　제가 대학에서 교재로 써 본 책을 중심으로 몇 권 소개하겠습니다. 먼저 카르납이 쓴 《과학철학입문》을 소개합니다. 편집자의 말대로 이 책은 과학철학에 대한 가장 명료하고 완벽한 현대적인 입문서이자 금세기 위대한 창조적 철학자들 가운데 한 사람인 카르납의 관점에 대한 가장 훌륭한 입문서라고 할 수 있습니다. 시카고대학에서 카르납이 강의한 내용을 보완해서 만든 이 책은 가능한 한 기호를 사용하지 않고 과학 법칙, 설명, 확률, 과학적 측정 같은 과학 일반의 문제를 쉽고 짜임새 있게 서술했습니다. 대학에서 학문을 배운다는 것은, 그 학문 분야의 정보를 얻을 뿐만 아니라 그 학문 특유의 개념과 법칙을 이해한 뒤 이것들을 기반으로 설명하고 주장하는 방식을 익히는 것이겠지요. 그렇다면 어느 학문을 하든 과학 일반에 관한 철학은 기본 교양이 될 겁니다.

다음으로 기어리Ronald N. Giere, 비클John Bickle, 몰딘Robert F. Mauldin의 《과학적 추론의 이해Understanding Scientific Reasoning》를 추천합니다. 과학의 역사적 사례와 오늘날 일어나는 특기할 만한 사례 들을 과학철학적 사고방식으로 분석하는데, 모델 이론을 활용해 결론을 단계적으로 이끌어 내는 과정을 밝히는 것이 특징입니다. 팽창하는 우주, 지구의 온난화, 흡연과 심장병, 2004년 미국 대통령 선거에서 출구 조사의 불일치 등 호기심을 자극하는 다양한 사례와 점성술, 외계인 방문설같이 사이비 과학 논란을 일으키는 '경계 과학'까지 다룹니다. 또 연습 문제가 많아서 스스로 사고력을 키우는 데 적합합니다.

세 번째로 새가드Paul Thagard의 《뇌와 삶의 의미The Brain and The Meaning of Life》를 추천합니다.

새가드는 신경과학을 기반으로 한 자연주의 철학인 '신경자연주의neural naturalism'를 주장하며 그 시각에서 인생의 의미에 관한 문제를 다루는데, 뇌 과학의 성과를 활용하면서도 전문용어는 가능한 한 피해 일반인들이 읽을 수 있도록 설명하려고 노력합니다. 사랑, 일, 놀이가 사람들의 생활에서 가치 있는 목표가 된다고 전제하며 이 세 부분에서 인생의 의미가 발견되어야 한다는 규범을 확립하기 위해 책을 썼다고 합니다. 그리고 '철학과 과학이 함께라면, 설사 단순히 뇌일뿐인 마음이라도 그 마음이 어떻게 실재를 이해하고, 효과적으로 결정하고, 도덕적으로 행동하며, 사랑·일·놀이 영역의 보람 있는 목표들로 비옥해진 의미 있는 삶을 영위할 수 있는지 그럴듯한 그림을 그릴 수 있다'고 합니다.

새가드는 삶의 의미를 묻는 질문에 답할 수 있는 지혜를 구하는 기반으로 '최선의 설명 추리'를 제시합니다. 이것은 프래그머티즘 경향의 과학철학자들이 즐겨 쓰는 추론 방식인데 설득력이 있습니다. 예를 들어, 어떤 사람에게 복통과 발열이 있을 경우 그 원인을 두고 박테리아 감염 가설과 위궤양 가설이 대립할 경우를 생각해 봅시다. 박테리아 감염 가설은 복통과 발열을 모두 설명할 수 있지만, 위궤양 가설은 복통만 설명할 수 있습니다. 이럴 때 더 많이 설명하는 쪽을 최선의 설명 가설로 채택하는 것을 최선의 설명 추리라고 합니다. 철학이나 종교의 영역으로만 보기 쉬운 삶의 의미라는 문제를 탐구하면서이런 최선의 설명 추리를 통해 '마음이 곧 뇌'라는 것을 밝힌 점이 신선하고 읽어 볼 만한 책입니다.

네 번째로 제 책《인공지능의 철학》을 추천합니다. 저는 "남의 철학말고 네 철학이 무엇이냐"라는 질문을 받을 때마다 부끄러웠습니다. 그래서 내 철학관을 정리하고, 그것을 인공지능에 관한 물음에 적용해 보려고 했어요. 철학 개론과 과학철학을 공부하고 강의하며 생각하게 된 '나의' 철학 개론과 과학철학을 간략하게 정리한 것입니다. 오늘날은 정보화 시대라서 컴퓨터와 인공지능이 이론가나 기술자 들만의 문제가 아니고 현대인의 삶 전체를 규정하는 조건이기도 합니다. 많은 사람들이 인공지능이라는 말을 가전제품 광고에서 접했을 텐데요, 인공지능 구성의 철학을 논리실증주의와 프래그머티즘에 기초해 논한 이 책을 통해 과학철학의 근간과 인공지능에 대한 이해를 넓힐 수 있을 겁니다.

질문　마지막으로, 과학철학적인 교양이 어떤 점에서 중요한지 말씀해 주시겠습니까?

이초식　이 질문을 받고 '과학철학적인 교양'이 뭘까 자문해 봅니다. 교양이 특정 문화권의 일원이 지녀야 할 기본적인 지식이나 행동 양식을 가리킨다면 과학철학의 교양은 무엇인가? 철학적 교양이 자신이나 자기가 속한 사회가 직면한 근원적인 문제, 난제를 타개하기 위한 지혜라면 과학철학적인 교양은 그중 특히 과학 지식에 관계되겠지요. 다시 말해, 과학철학권의 문화인은 과학 지식을 난제 타개에 적용하는 품성이 있는 사람일 겁니다.

　이렇게 정의하고 보니, 초등학교 교사를 지내고 과학철학을 전공한 김영남金榮男 박사가 생각납니다. 그는 젊은 나이에 갑자기 암이라는 선고를 받았습니다. 그런데도 다른 암 환자들을 돕기 위해 암 환자 모임을 만들고 회보를 내는 등 여러 가지 활동을 했습니다. 암 환자들은 대체 의약품을 사는 데 많은 돈을 허비하고 치료 기회도 놓치는 경우가 많다고 합니다. 김 박사가 약 10년간 암 환자와 그 가족에게 회보를 보낸 것은 그들이 표준적인 과학 지식을 알고 합리적으로 치유받도록 돕고 싶었기 때문입니다. 김 박사는 과학철학적 교양의 중요성과 유용성을 단적으로 보여 준 것 같습니다.

질문　사회에 보탬이 되는 교양에 대해 말씀하셨는데요, 그런 교양을 쌓는 데 특별히 필요한 것이 있습니까?

이초식　과학철학의 교양을 익히는 일은 육상 훈련에 비유할 수 있을 겁니다. 육상은 각종 운동경기의 기본이지요. 과학철학 교양도 많은 것에 적용할 수 있는 지식의 기초 체력, 지력智力입니다. 이것을 향상하는 데 필요한 것이 몇 가지 있습니다.

　첫째, 과학 존중의 정신입니다. 이 교양을 쌓으려면 과학 지식을 존중하고 참다운 지식을 갈망하는 마음이나 정신이 꼭 필요합니다. 그런데 현실에서는 이런 기본을 무시해 불합리한 관습에서 벗어나지 못한 사람이 많습니다.

　둘째, 지식의 출처를 평가하는 능력입니다. 과학 지식이나 기술은 대부분 신문, 잡지, 포털 사이트 등 대중매체나 전문 서적을 통해 간접적으로 접하기 때문에 일반인이 검증할 수 없어요. 그래서 지식의 출처를 비교 검토해 양질의 지식 공급처를 찾는 것이 중요합니다. 예를 들면, 소문이나 광고보다는 학회에서 발표된 논문이나 이에 관한 전문 기자의 해설 기사를 우위에 두는 겁니다. 현대 사회는 정보의 홍수라고 할 만큼 정보가 넘쳐, 좋은 지식 출처를 가리는 작업은 아주 중요합니다.

　셋째, 오류 가능의 인간관입니다. '사람은 누구나 오류를 범할 수 있다'는 인간관은 과학철학뿐만 아니라 민주 사회의 기반이지요. 과학자도 오류를 범할 수 있기 때문에 과학 지식을 존중하되 맹신해서는 안 된다는 것입니다. 이 점을 과학철학자 포퍼는 사회철학에 널리

적용하기도 했습니다.

넷째, 과학 지식을 비판하는 능력입니다. 일반인이 과학 지식을 비판할 수 있을까? 당연히 의문이 들 테고 분명히 갖추기 어려운 능력입니다. 그런데 과학 지식은 일반 법칙을 근거로 하기 때문에 일반적인 것이고, 내 특수한 사정에 언제나 그대로 적중하지는 않습니다. 그래서 나에게 알맞은 과학 지식을 내가 선정해야 합니다. 과학자들의 주장들이 서로 대립하는 경우도 있죠. 결국 우리가 판단해야 합니다. 연역 논리와 귀납 논리의 기본 추론 양식 몇 가지만 잘 알아도 전문가의 주장을 비판할 수 있습니다. 앞의 주장과 뒤의 주장이 일치하는지, 모순이 있는지, 어떤 주장이 지원을 잘 받는지 등을 판단할 수는 있기 때문입니다.

다섯째, 과학 지식을 재구성하는 능력입니다. 내가 직면한 문제에 알맞은 과학 지식을 가공식품처럼 쉽게 구할 수 없을 때는 직접 요리해야겠지요. 요리가 귀찮고 어렵지만 몸에는 좋습니다. 내 몸의 상태를 의사보다 내가 더 잘 아는 경우가 많지요. 그래서 의사가 문진을 하는 겁니다. 나 자신부터 알아야 하고, 나 자신을 알아보려고 노력해야 합니다. 나 자신, 내가 직면한 상황에 관한 과학 지식을 재구성하는 일이 기본입니다. 내가 가진 지식을 체계화하고 새로운 지식을 통해 업그레이드하는 능력이 있어야 합니다.

여섯째, 과학 지식을 활용하는 능력입니다. 믿을 수 있고 나에게 맞는 과학 지식을 판정만 하는 것은 아무런 효과도 없을 겁니다. 지식을 행위 결단에 활용해 직면한 난제를 직접 타개해야 합니다. 그러려면 결단과 실천의 힘이 필요합니다. 과학 지식을 실생활에 옮기는 데 난관이 많을 수 있어요. 지식을 활용하는 데는 기술적인 문제가 있고 각종 비용도 고려해야 합니다. 그래서 지식을 넘어선 지혜가 필요합니다.

일곱째, 문화 인격의 도야입니다. 제비 한 마리가 왔다고 해서 봄이 온 것이 아니듯이 과학 지식을 단 한 번 활용했다고 해서 과학철학적 교양을 갖추는 것은 아니지요. 우수한 운동선수가 되려면 좋은 자세를 몸으로 익히기 위해 지루한 반복 훈련을 참아야 합니다. 과학철학적 교양도 이런 훈련 없이는 성취할 수 없습니다. 논리적 추론 방식, 과학적 개념의 의미 분석, 주장과 증거 간의 관계 분석 등 과학철학에서 표준적인 것으로 제공하는 주제들을 잘 검토해 훈련에 사용해 보면 좋을 것입니다.

저는 지식인에게 과학철학에 대한 관심이 당연히 필요하다고 봅니다. 모쪼록 이 책을 읽는 분들이 과학철학에 대한 관심을 바탕으로 자신이나 자기가 속한 사회가 직면한 난제를 타개하는 데 필요한 지혜를 닦으시기를 바랍니다.

석학이 대학생에게 들려주는 **지식의 풍경**

기획 | 공주교육대학교 교양학문입문도서발간기획사업단

초판 1쇄 발행일 2014년 2월 24일

발행인 | 김학원
경영인 | 이상용
편집주간 | 위원석
편집장 | 최세정 황서현
기획 | 문성환 박민영 박상경 임은선 최윤영 조은화 전두현 최인영 정다이 이보람
디자인 | 김태형 임동렬 유주현 최영철 구현석
마케팅 | 이한주 하석진 김창규 이선희 이정인
저자 · 독자 서비스 | 조다영 함주미(humanist@humanistbooks.com)
스캔 · 출력 | 이희수 com.
용지 | 화인페이퍼
인쇄 | 청아문화사
제본 | 정민문화사

발행처 | (주)휴머니스트 출판그룹
출판등록 | 제313-2007-000007호(2007년 1월 5일)
주소 | (121-869) 서울시 마포구 연남동 564-40
전화 | 02-335-4422 팩스 | 02-334-3427
홈페이지 | www.humanistbooks.com

ⓒ 공주교육대학교 , 2014

ISBN 978-89-5682-690-9 03800

● 이 도서의 국립중앙도서관 출판시도서목록(CIP)은 서지정보유통지원시스템 홈페이지(http://seoji.nl.go.kr)와 국가자료공동목록시스템(http://www.nl.go.kr/kolisnet)에서 이용하실 수 있습니다. (CIP제어번호: CIP2014005510)

만든 사람들

편집장 | 황서현
기획 | 박상경(psk2001@humanistbooks.com) 최윤영 이보람
편집 | 김정민
디자인 | 민진기디자인

이 책은 2013년도 공주교육대학교 정책 연구비 지원으로 발간되었음.